故事張愛玲

高詩佳 著

：食物・聲音・氣味的意象之旅

一場豐美的意象之旅

王瓊玲（知名作家、國立中正大學中文系教授）

作為海派作家裡的傳奇人物，張愛玲的熱潮在臺灣可說歷久不衰。每隔一段時期，張愛玲的小說就被改編成影視，比如電影《紅玫瑰與白玫瑰》、《傾城之戀》、《半生緣》、《金鎖記》、《色戒》，以及二〇二〇年由許鞍華導演籌拍的《第一爐香》，這些故事都得到觀眾的支持、喜愛，說明了張愛玲所構築的文學世界，能夠與一般大眾的生活貼近，進而引起廣大的共鳴。

這也是為什麼，張愛玲的著作每隔一段時間，就會重新編排上市，關於她的研究論述更是不計其數。只是，它們大多聚焦在張愛玲非凡的身世，若有涉及小說中的感官意象，也多僅止於視覺的部分，很少擴展至其他。

在我看來，詩佳的這本《故事張愛玲：食物、聲音、氣味的意象之旅》，最特別的，就在於她處理了張愛玲小說中的「聲音」、「食物」、「氣味」等三種意象。這本著作，是由詩佳的碩士論文《張愛玲小說的感官意象——以聲音、食物、氣味為主》改寫而成的，而我，正是她的論文口考老師。

多年前，擔任詩佳的論文口考老師那天，踏進考場，我就對她的論文指導老師劉玉國老師說：「我們詩佳，真是才華洋溢！」在閱讀論文時，我相當驚喜的發現，論文裡頭有不少有趣的討論，並且在寫作上不受傳統論文寫法的束縛，透過細膩的觀察力和豐富的想像力，與張愛玲的文本進行深入的對話。

多年後，已成為作文名師的詩佳，思想與創新能力更加的圓熟。她特意將論文重新改寫，對內容進行大量的增補與裁減，讓整本書更具可讀性。最令人眼睛為之一亮的，是她對張愛玲的作品，有了更透徹的理解與創見。

張愛玲本人也承認，她對於感官有著異常靈敏的感受和掌握。因此她在創作小說時，總是在人物的感官印象中，捕捉其個別性與特殊性。這些各式的感官意象在小說中交互激盪，創造出富於啟示的意境與蘊含深刻的隱喻，讓小說達到精奇高妙的藝術境界。

當然，這些藝術化的呈現，有時不免造成讀者解讀的困難。詩佳在這本書中，獨具匠心的將這些難處一一破解，既解釋了意象的使用，也澄清了文本中較難被讀者理解之處，說其「破解張愛玲」，亦不為過。

我很欣喜，這本書能夠從有別於前人的視角和方法，探索張愛玲小說中的傳奇故事，藉由仔細而熱切的爬梳，發掘其藝術價值，為張愛玲小說的定位提供具有價值的參考。因此，相當推薦喜歡張愛玲，或對張學研究有興趣的朋友們，一起隨著詩佳柔美而精鍊的文字，進行一場豐美的意象之旅。

四通八達張愛玲

鍾正道（東吳大學中國文學系副教授）

第一次接觸張愛玲的小說時，一邊讀一邊噗哧。天啊這作家也太幽默了吧，高冷，尖酸，總能把習以為常的物事形容到令人拍案。原來張愛玲的華麗，不是堆砌詞藻的華麗，而是看透世事的冷眼犀利，一種感官的華麗。

那時跟著楊昌年老師一篇一篇讀，竟也把張愛玲的短篇小說將近讀完了。印象中張愛玲真是摹寫的神人，尤其恣縱視覺的想像。猶記得夏志清在《中國現代小說史》認為，張愛玲的視覺想像「有時候可以達到濟慈那樣華麗的程度」，確實如此。

印象深刻的是〈金鎖記〉，運用類似電影蒙太奇的技巧，表現曹七巧在姜家虛度了青春年華，在閉眼睜眼之間匆匆十年過去，金綠山水屏條突然變成丈夫的遺像，視覺衝突令人不安。

〈傾城之戀〉白流蘇初到香港碼頭，心情七上八下，見一個個巨型廣告招牌倒映水中，「刺激性的犯沖的色素，竄上落下，在水底下廝殺得異常熱鬧」，一方面點出商港特徵，一方面也暗示其與范柳原將展開的婚姻之戰，好個情景交融。

〈紅玫瑰與白玫瑰〉裡的佟振保首次嫖妓，發現某事「不對」，花錢的反而感覺被消費了，在鏡中看見妓女的臉變成「森冷的，男人的臉，古代的兵士的臉」，這超現實的畫面，確實不對到恐怖的程度。

此等文筆，需要驚人的想像力，更需要對人世深厚的了解與同情。後來讀到詩佳的著作，甚是驚喜，她捨棄大家討論較多的視覺，而轉攻聲音、食物、氣味，題目有趣極了，在張愛玲感官書寫的研究上又往前推進了一步。

其中氣味一章，尤其精彩。張愛玲的嗅覺與常人不同，這個「古怪的少女」喜歡油漆味、油哈味、牛奶燒焦味、霧的輕微的霉味、雨打濕的灰塵味、蔥蒜味、廉價香水味；更令人咋舌的是，她竟愛聞汽油味，甚至刻意走到汽車後面，吸嗅汽車「布布布」的排氣。此等「天賦」，讓張愛玲在小說中展現了獨到的嗅覺文字，而詩佳從大量作品中一一抓舉這些天才的段落，放進文本脈絡，連結情節，凸顯人性，以至於處處呼應張愛玲寫作的圭臬——「此中有人，呼之欲出」，人情世故在此，華麗蒼涼在此，張愛玲的神魂在此。讀不通張愛玲者，是無法四通八達這些細節的。

詩佳熟稔張愛玲的所有作品，例證信手拈來，用功極深。一般分析張愛玲，大都著重在幾個《傳奇》名篇；而詩佳卻能兼顧中晚期作品，時時出現《赤地之戀》、〈同學少年都不賤〉、〈相見歡〉、〈殷寶灩送花樓會〉、《小團圓》等作，試圖平衡各時期文字風格的落差，使論述更具說服力。

本書從聲音、食物、氣味出發，條條通達張愛玲。

感覺的盛宴

楊佳嫻（詩人、國立清華大學中文系副教授）

詩佳是中學作文引導書、文言文素養書的天后級人物，本人形象飄逸柔美，可性格與筆力頗具力道，總看她能專心致志、效率十足地完成一個又一個的工作計畫。不過，天后也有她祕藏的愛，那就是華文文學的祖師奶奶，張愛玲。

有趣的是，以張愛玲作為專研對象寫出學位論文，在全臺灣校系之中，以詩佳的母校東吳大學中文所為第一，共九篇。並且已經出現傳承，比如以張愛玲為博士論文題目的鍾正道教授，留在系上教書，也指導了下一代研究生做張愛玲研究。在這九篇當中，詩佳的論文著力於張愛玲小說的感官意象，從聲音、飲食到氣味，牽動多種感覺，也讓人更為集中、深入理解張愛玲文學令人難忘的奧祕——不僅促進讀者認識時代與城市，思索人間的必然與偶然，事實上，藉著感官意象的引導與開展，眼睛、五感、心腦之間密切連繫，也使得這些故事更能被讀者所「體」察。

在這部由碩士論文改寫的《故事張愛玲：食物、聲音、氣味的意象之旅》中，詩佳融會張愛玲的文本與個人的感思，處處提醒讀者注意其感官意象達到的文學效果，技術高明的文學作品尤其禁得起這樣細密分析。例如針對《怨女》就特別提到，主角銀娣在窗下聽聲音這一場景，在她婚前、婚後坐月子時和喪夫這三個時間點上，都曾出現過，也各自透露出不同的意義。因此她主張，張愛玲使用聲音意象，不只當作背景，還更進一步，提到前台，「將聲音變成主角，由它們來說故事」。

在談及氣味如何具侵略性時，詩佳也提醒，這種侵略性本身與氣味的主人往往合而為一，也暗示著故事未來發展，例如〈第一爐香〉和《半生緣》即為顯著例證。〈第一爐香〉裡，梁太太擦好蔻丹，散發出杏仁露似的強烈氣味，而她本人確實也極具侵略性，將姪女葛薇龍當作情欲香餌來利用，徹底工具化，可以說襲奪了薇龍原先的人生；更不要說《半生緣》裡，祝鴻才渾身香水味，先在汽車裡造成曼禎的詫異與不適，並成為小說伏筆，之後這股氣味在幽暗房間再度浮現時，才真能造成一種恐怖，而這種恐怖也造成了曼禎整個人生一度崩解。

我想起詩佳近期暢銷書《寫作課》提出的諸般作文心法，「借景抒情，使人物形象豐滿」、「借物抒情，讓人物的情感更有層次」、「服裝，體現人物的個性」等等，以及各式感官摹寫，也幾乎都可以在張愛玲筆下找到。上海時期，張愛玲的作品技術繁複，意象紛呈，色彩鮮明，也做了不少語言上的實驗，若干人物更帶出形上思辨的意味；中晚期的張愛玲，受惠於《海上花》研究與翻譯，更嚮往一種「平淡而近自然」的境界，小說面目當然也為之一變。不過，她對於感官意象的經營，仍貫串了整個創作史，《故事張愛玲：食物、聲音、氣味的意象之旅》向所有讀張、愛張的人，細緻闡釋了這一點。

作者序
意象・故事・張愛玲

張愛玲（一九二〇年—一九九五年），這位在二十世紀、四〇年代就以小說、散文和劇本享譽於文壇的作家，曾讓夏志清先生推崇為：「今日中國最優秀最重要的作家。」張愛玲的貢獻之一，就是憑著天賦的敏感和對感官知覺的愛好，在小說這門說故事的藝術中，創造別具一格的感官意象。我們知道，好的小說不能缺少對感官知覺的描繪，遊走於張愛玲的小說不難發現，正是這些極其細微而具體的感官描寫，成就了張愛玲的故事，也成就了可供我們探索與解讀的「故事張愛玲」。

所謂的「意象」，根據黃永武《中國詩學》所言，指的是「意識與外界的物象相交會，經過觀察、審思與美的釀造，成為有意境的景象。」這就是作家的構思歷程：先運用感官觀察外界的事物，在心中釀成意象，再以文字、繪畫等媒介表現出來。張愛玲小說的感官意象，往往反映人物特定的心理，每個意象就是一種心理狀態，我們熟悉她的意象，就能透視人物的心理，遊走於她的故事大觀園。

生活藝術家

張愛玲對於感官的精微感受和掌握，來自她獨具的敏感心靈，而她也大量運用著各種感官描寫，在小說中構築了一個生動、活躍的感性世界。她筆下的意象繁複多樣，不僅隱含著作者的情思，也包含許多難以言傳的意念與無常感。就像王安憶說的，張愛玲在領略虛無人生的同時，又是富於感官、享樂主義的，這便解救了她。

張愛玲的感官審美，其實有賴生活上的歷練，這是她構思和寫作的基礎，她是一位「生活的藝術家」。她在散文〈天才夢〉裡面，回憶自己兒時接受母親「生活自理能力訓練」的往事，她承認「在現實的社會裡，我等於一個廢物」，但她也堅定的為自己辯解：「生活的藝術，有一部分我不是不能領略。我懂得怎麼看『七月巧雲』，聽蘇格蘭兵吹bagpipe，享受微風中的藤椅，吃鹽水花生，欣賞雨夜的霓虹燈，從雙層公共汽車上伸出手摘樹顛的綠葉。在沒有人與人交接的場合，我充滿了生命的歡悅。」

張愛玲就是這樣熱情的體驗生活，她將感官知覺放大，極細緻的觀察和感應周遭種種的現象與人。她的創作緊繫著她的現實生活，有多篇小說題材就是得自真實的家族事件。在敘述這些故事時，她總能透過感官、運用意象，將人、事的現象和變化，刻畫得入木三分，從中呈現她對人生的感悟。

張愛玲也隨時為自己儲存感官經驗，她在散文〈道路以目〉說：「街上值得一看的正多著。」對她而言，街道就像是一個感官的承載體，只要在街上駐足一會，無數的色、味、聲、觸等感受，就會從四面八發湧到她的面前，她留心將之記錄下來，在寫作時與人生問題連結起來，提出她的思考，使文章有著哲理面的提昇。

食物、聲音、氣味

張愛玲小說的讀者，在閱讀時很容易就會將焦點，放在她那華美的視覺描寫上。然而，張愛玲不僅精到於色彩描繪，她也是一位真正的美食專家。在散文〈談吃與畫餅充飢〉中，我們可以看到，她對食物的觀察與研究，已達爐火純青之境。她鑽研飲食藝術，對食物、佐料、飲料的種類和烹調方式認識極廣，在創作小說時，很自然的也把對食物與飲食活動的觀察當作素材，運用藝術的手法加以提煉，開闢別具特色的小說風格。

此外，張愛玲還是個書寫聲音的高手。在〈公寓生活記趣〉裡，她告訴我們：「我喜歡聽市聲。」在〈天才夢〉中，她也提到自己在練習彈鋼琴時，會「想像那八個音符有不同的個性，穿戴了鮮豔的衣帽攜手舞蹈」。在張愛玲的「異想世界」裡，抽象的聲音往往被具體化，賦予鮮豔的色彩和俏皮的動作。音符就像童話故事中被仙女棒注入生命的小精靈，在她的想像中躍動。她也將這樣的想像，完美的融入小說創作裡，使眾多精彩的聲音意象在字裡行間飛舞。

在散文〈談音樂〉中，張愛玲也曾熱切地提及自己有個靈敏的鼻子，且著迷於特殊的氣味。對她來說，氣味和顏色一樣引人注意，但兩者又有不同。氣味不像顏色那麼具體，它虛無飄渺、捉摸不定，我們卻無時無刻地聞嗅著各種氣息。從這一點來看，氣味具有一種「真實感」。在張愛玲的小說中，她也總能突破傳統的審美觀，運用各種新奇的辭彙與生動的描述，創造出令人深陷於其中的氣味世界。

對世俗與人的關懷

作為一名寫作技巧高超的小說家，張愛玲最了不起之處，就是在書寫感官之餘，還注入了對「人」的關注。王彬彬在〈冷眼看「張熱」——張愛玲對當前文壇的啟示〉中說道：「張愛玲的作品是具有巨大的藝術魅力的，而張愛玲的藝術魅力又是來自於她的『世俗關懷』。」

一切的藝術說到底，都脫離不了「人」的存在。夏志清先生在《張愛玲的小說藝術》序文中，就點出張愛玲以感官感覺，表達她對人、對物的看法：「（張愛玲）小說裡每一個觀察，每一個景象，只有她能寫得出來，真正表達了她自己感官的反應，自己對人對物累積的世故和智慧。」

在張愛玲的感官書寫中，處處可以見到人情、人性、人的心理，這是她的小說最關注的部分。她將所有感官經驗的碎片，精心地捕捉起來，拼合成一個富於意象、蘊含隱喻的感官世界，並透過感官意象，呈現了生命在人世間所遭遇的苦與樂，同時也寄託她對人的生存狀態投入的關注。這是我們在認識她的感官意象時，也要極力去挖掘的部分。

探索，未完

在張愛玲離世後，「張愛玲熱」的現象有增無減，研究的熱潮如波浪迭起，充分顯示了張愛玲作品的價值和影響，尚有許多空間可以繼續探索。王德威先生在〈張愛玲現象——現代性、女性主義、世紀末視野的傳奇〉一文說道：「（張愛玲）她對文字的意象處理，對電影、舞台、照片、公共形象各種影音媒體的調弄、拒斥與展現，極富討論餘地。」

的確，我們回頭再重讀張愛玲的小說，依然會覺得意猶未盡，彷彿與她有關的故事永遠說不完，也聽不盡。因為張愛玲獨特的生命遭遇，以及對世界不凡的觀察和理解，對於人的命運和現實人生，有著深刻的體會，才能夠信手拈來，營造出多層次、又蘊含特殊意義的感官意象。在這裡，請與我一同循著食物、聲音、氣味的意象足跡，一步步走進張愛玲的小說世界，探索其深幽的祕境，以及一再令人駐足的雋永之處。

目次

第二卷

聲音

第三卷 氣味

第一卷

食物

多數人印象中以為我吃得又少又隨便，幾乎不食人間煙火，讀後大為驚訝，甚至認為我「另有一功」。衣食住行我一向比較注重衣和食。

——張愛玲《續集・自序》

01 食物意象的百寶箱

「吃」對張愛玲來說往往不光光是口腹之欲，倒是別有懷抱。（葉輝〈《小艾》的食事〉）

多數張愛玲小說的讀者，會將焦點放在她那華美的視覺描寫特色，而忽略了張愛玲其實是一位喜愛吃食、了解食物的美食專家，她注重飲食，擁有敏銳的感受力，曾在《續集・自序》中表示對飲食的喜好：「多數人印象中以為我吃得又少又隨便，幾乎不食人間煙火，讀後大為驚訝，甚至認為我『另有一功』。衣食住行我一向比較注重衣和食。」

除此之外，張愛玲更將飲食視為一種藝術，她在散文〈談吃與畫餅充飢〉中說道：「中國人好吃，我覺得是值得驕傲的，因為是一種最基本的生活藝術。」她鑽研飲食藝術，對食物、佐料、飲料的種類和烹調方式認識極廣，在創作小說時，自然能將她對食物與飲食活動的觀察，當作寫作素材，再用藝術的手法加以提煉，開闢別具特色的小說風格。

微物之神張愛玲

〈談吃與畫餅充飢〉中記錄了豐富的飲食經驗，展現張愛玲對食物的觀察與研究，已達爐火純青之境。文中以豐沛的知識貫穿全文，風格上是由味覺的品嚐，延伸至對飲食知識的涉獵。

作家陳建志在刊載於《中國時報．人間副刊》的〈微物之神——張愛玲逝世十週年紀念〉中說道：「〈談吃〉的小題大作，更是一場知識的饗宴，其中不只有考據學、史學、史料、回憶錄，還有人類學、營養學、社會學，又是一趟艾克曼[1]式的『感官之旅』，一場不斷跨界的漫遊，幾乎無所不包。而其口吻又不是學者或文人雅士的，反倒常露出小市民的家常語調。」

文中又寫道：「以單篇的飲食散文寫作來說，此文已是開創性的範例，而在華人散文發展史上，此文也是個里程碑，因為它是最早的『百科全書式』圓熟書寫。」確實，張愛玲的〈談吃與畫餅充飢〉真正吸引人之處，正是在於她「廣博」的飲食經驗與知識，文章展現她對中、

1 黛安．艾克曼（Diane Ackerman），是美國詩人、專欄作家、記者與探險家，著有《感官之旅》、《氣味、記憶與愛欲》等研究感官知覺的專書。

西食物的了解，字裡行間更以食物串聯情感，流露對親人的回憶與淡淡的鄉愁，使文章在知性之餘，不失感性的寄託。她說：

> 有一次在多倫多街上看櫥窗，忽然看見久違了的香腸捲……不禁想起小時候我父親帶我到飛達咖啡館去買小蛋糕，叫我自己挑揀，他自己總是買香腸捲。一時懷舊起來，買了四隻，……我在飛機上不便拿出來吃，回到美國一嚐，油又大，又太辛辣，哪是我偶爾吃我父親一隻的香腸捲。

張愛玲書寫食事的手法精彩紛呈，令人目不暇給，自然是奠基於長期對食物與飲食的深入了解，其描寫就如陳建志所說：「細如粉末，又超乎物質的意象，實在只能出自於一個微物之神（god of small things）之手」。

「吃」貫連變幻的細節

香港作家葉輝指出張愛玲筆下的「吃」，與小說創作有著密切的關係，他於《文匯報》副刊〈《小艾》的食事〉一文寫道：「『吃』對張愛玲來說往往不光光是口腹之欲，倒是別有懷抱。」他談到〈小艾〉裡描述的團圓飯，又說張愛玲的小說：「往往以『吃』貫連變幻的細節。」食物在張愛玲的小說裡扮演了重要的角色，小說中提及的食物種類繁多，不能單純以日常瑣碎的細節來看，應該仔細地加以研究。

多年來，研究張愛玲小說的論文與專著相當多，探討小說意象的人更多，但多半偏重於視覺的部分，針對食物意象與飲食場面的討論，數量卻是極少。其實，張愛玲小說中寫到的吃食看似微小，但數量繁多，所蘊含的意義精深博大，單獨抽出來看，就足以建構成一個別有洞天的食物國度，深入挖掘之後，更有助於理解小說中蘊含的思想內涵。

02
食、色，性也！

——獸在幽暗的巖洞裡的一線黃泉就飲，泊泊的用舌頭捲起來。……有隻動物在小口小口的啜著她的核心。（《小團圓》）

張愛玲小說中的意象廣受肯定，針對這點，夏志清在《中國現代小說史》中讚美道：「在中國現代小說中可以說是首屈一指的。」張愛玲能從平凡的事物裡，組合出變化多端的意象，食物在她的筆端，產生了許多象徵意義，而且為數眾多，表現方式多樣，令人嘆為觀止！

郭玉雯在〈張愛玲小說與紅樓夢〉一文指出：「她的各篇小說中雖不至於『開出整桌的菜單』，然而食物時時點綴，確實能表現生活質地；況且她還常常藉食物來隱喻腳色的情境。」張愛玲創造這些食物意象時，並不特別著重描摹味覺感受，而是賦予深刻的象徵意義，將寓意隱喻其中，形成豐富的意象世界。食物意象便成為小說的有機成分，能與小說的情節鋪陳、刻畫人物、塑造情境密切的搭配，呈現獨特的美感。

性愛就像派

食與色關係密切，食物本身就是物種賴以存活與繁衍所需，繁衍則奠基於「性」與「愛」。比如在日常生活中，人們常將食物直接拿來作為稱呼愛人的代名詞，如甜食、糖果的英文單字是「sweet」；「honey」是「親愛的」，也是蜂蜜。

又如立陶宛人用「啤酒」（Alus）稱呼愛人，波蘭人則把情人喻為「餅乾」（Herbatniki），美國男人也稱女友為「餅乾」（cookie），英國男人形容性感的女性為「小煎餅」（pancake），法國人則把戀人稱為「我的捲心菜」（mon chou）。

美國著名嘲諷性愛的電影《美國派》（American Pie），趣味化的呈現青少年的性焦慮，之所以命名為「美國派」，是因為男主角想嘗試性愛，而同學告訴他「性愛就像派」。

英文諺語也有一句：「You are what you eat.」（你吃什麼就是什麼），表示你吃的東西會變成身體的一部分，因此經常有人愛到深處時會對情人說：「愛你愛到想吃了你！」某些男女則會以「好餓」的言詞撩撥愛人，成為想發生親密行為的暗號。性的飢渴與食欲，總是緊密地連繫在一起，飲食，彷彿成了最性感的行為。

女人性感的「唇」

從生理面來看，人類用嘴巴說話、接吻和飲食，嘴唇、舌頭與生殖器內，全都有相同的神經感受器，「嘴巴」實富有濃厚的性意涵。

很多人認為女性飽滿、紅潤的嘴唇非常迷人，因為看起來就像腫脹的女性生殖器。電影中也常見女主角以舔嘴唇的動作，或是塗上大紅色的唇膏，微翹著唇，吸引男主角的注意。張愛玲的長篇小說《怨女》中，就用「嘴」、「嘴唇」來形容銀娣的私處：

> 有時候她可以覺得裡面的一隻瘖啞的嘴，兩片嘴唇輕輕的相貼著，光只覺得它的存在就不能忍受。

幾句話，就道盡銀娣年輕卻守寡的痛苦。「瘖啞」是口不能言、沉默的意思，情欲的匱乏是無聲、缺乏被關注而且寂寞的，這種事只能自己默默忍受，於是她靠著抽鴉片來填補空虛。

張愛玲在另一部自傳小說《小團圓》裡，也以飲食的動作，描述九莉與之雍的性愛：

獸在幽暗的巖洞裡的一線黃泉就飲，泊泊的用舌頭捲起來。……有隻動物在小口小口的啜著她的核心。

從人的嘴巴、飲食的動作到食物本身，甚至是舌頭、牙齒，經常蘊含了豐富的情欲象徵。張愛玲憑著對食物的深刻觀察，以書寫食物來創造意象，反映小說人物的愛欲和隱密的內在世界，人物形象因此更為鮮明。

03
甜食，愛情的紅娘

——你知道麼？有種中國點心，一咬一口湯的，你就是那樣。
（〈連環套〉）

甜食，是包含點心及正餐以外的甜點。在張愛玲的小說裡，甜食經常扮演男女情感的觸媒，在〈紅玫瑰與白玫瑰〉中，佟振保與王嬌蕊就是用「糖」來調情。振保說：「怎麼這些時都沒看見你？我以為你像糖似的化了去！」嬌蕊笑道：「我有那麼甜麼？」振保就放了膽子答道：「不知道——沒嘗過。」這段對話挑起了二人的欲望，又用「嘗」作為性暗示，為兩人的不倫埋下了伏筆，堪稱以甜食作為意象的經典範例。

催情的蜂蜜和麥芽糖

屬於甜食的「蜂蜜」本身濃、稠、甜的特質，含有「兩情相悅」的意義，金黃色的蜂蜜代表永生不朽，是眾神的食物。據說蜂蜜可以作為催情劑，令人聯想到繁衍；中國人則以「蜜裡調油」來形容融洽的感情。在《怨女》中，姚家分家後，三爺來訪，銀娣與三爺對坐聊天，天慢慢黑了，甜蜜的氣氛使黑暗宛如蜜糖般，在他們的四周蕩漾開來：

> 黑暗一點點增加，一點點淹上身來，像蜜糖一樣慢，漸漸坐到一種新的元素裡，比空氣濃厚，是十年廿年前半凍結的時間。他也在留戀過去，從他的聲音裡可以聽出來。在黑暗中他們的聲音裡有一種會心的微笑。

蜜糖象徵愛的蔓延和滋長，越是回顧往事，甜蜜的感覺就越濃，而且是十年、二十年前沒有完成的心願。可惜這只是「黑暗中的甜蜜」，果然，銀娣與三爺最後還是為了錢不歡而散，愛的感覺在頃刻間煙消雲散。

甜甜的蜂蜜象徵愛情的甜蜜，用在愛苗萌生時，十分合宜。在〈連環套〉中，霓喜與中藥店的夥計崔玉銘打情罵俏，就是藉由蜂蜜做媒介，蜂蜜不但是愛情的象徵，也是他們的媒人：

> 霓喜便道：「原來你們還有蜜。讓我瞧瞧。」崔玉銘走到店堂裡面，揭開一隻大缸的木蓋，道：「真正的蜂蜜，奶奶買半斤試試？」霓喜跟過來笑道：「大包小裹的，拿不了。」崔玉銘找了個小瓦罐子來道：「拿不了我給你送去。」霓喜瞅著他道：「你有七

個頭八個膽找到我家來！」這崔玉銘用銅勺抄起一股子蜜，霓喜湊上去嗅了一嗅道：「怎麼不香？也不知是什麼東西混充的！」崔玉銘賭氣將勺子裡的一個頭尾俱全的蜜蜂送到霓喜跟前道：「你瞧這是什麼？」霓喜噯喲了一聲道：「你要作死哩！甩了我一身的蜜！」

這段調情的描述帶著雙關：霓喜看上了崔玉銘，所以要求「看蜜」；崔玉銘極力地推銷蜂蜜，表示想登堂入室，親自「送蜜」（送愛）到霓喜家裡；霓喜大發嬌嗔，說不相信崔玉銘的蜜是什麼好貨色（不相信他的愛）；崔玉銘則一再證明蜜的品質上等（證明自己的愛），還不小心甩了點蜜在霓喜身上，情欲意味濃厚。這缸蜂蜜，著實將霓喜與崔玉銘之間彼此有意、又欲拒還迎的調情互動，做出絕佳的暗示。

後來，霓喜在第二任丈夫竇堯芳過世後，被竇家逐出家門，因緣際會下，在朋友家裡與英國人湯姆生相遇了，兩人彼此有意。隔天，湯姆生等不及了，自己到霓喜的住所見她，霓喜就拿了一支「麥芽糖」支開孩子，製造兩人獨處和調情的機會：

板桌底下有個小風爐，上面燉著一瓦缽子麥芽糖，糖裡豎著一把毛竹筷。霓喜抽出一支筷子來，絞上一股子糖，送到瑟梨塔嘴裡去，讓她吮去一半，剩下的交與她弟弟，說道：「乖乖出去玩去。」

在小說中，只要有糖出現就有戀情發生。接著湯姆生用「點心」形容霓喜，他說：「你知道麼？有種中國點心，一咬一口湯的，你就是那樣。」湯姆生提到的點心像是指「上海湯包」，「一咬一口湯」是說霓喜「多汁」，除了說她身材豐滿，也帶有性暗示。後來霓喜與湯姆生同居，第三度當起了姨太太，「糖」果然是霓喜最大的媒人。

瓜子和糖果、蛋糕

點心包含了糕點，零食多為油炸類、堅果類、乾燥類或者糖果等食物。在《半生緣》中，叔惠與翠芝單獨遊玄武湖，泛舟時，叔惠覺得翠芝並沒有世鈞認為的那麼差，但是「他也覺得像翠芝這樣的千金小姐無論如何不是一個理想的妻子」，又認為「他這樣一個窮小子，她家裡固然是絕對不會答應，他卻也不想高攀，因為他也是一個驕傲的人」。這時候，翠芝嗑起了瓜子：

翠芝也不說話，船上擺著幾色現成的果碟，她抓了一把瓜子，靠在藤椅上嗑瓜子，人一動也不動，偶爾抬起一隻手來，將衣服上的瓜子殼撣撣掉。

「瓜子」是吉利的食物，在中國的飲食文化中象徵「過好日子」，家境富裕的翠芝給叔惠就是這樣的印象，連她撣瓜子殼的姿態，也帶著千金小姐的優雅。叔惠自忖無法讓她「好命」，只能打退堂鼓了。

張愛玲也藉著點心與零食，描寫人與人的親疏遠近。在《雷峰塔》中，有一段敘述琵琶與弟弟陵吃了後母的「喜糖」，感到受「賄賂」的罪惡感，覺得自己與後母親近，等於背叛了母親：

> 她拿桌上的糖果吃。陵進來了，瞪大眼睛笑著，意味著「怎麼回事？」「好吃，就只有這些。」她拎著藍玻璃紙包的大粒巧克力糖的魚尾巴。四個玻璃盤裡的糖果陵都拿了，顯得平均些沒動過。可是只有巧克力糖好吃。兩人費力咬著中央的堅果，吃了一嘴的果仁，覺得受了賄賂。

孩子吃糖，原本再單純不過，但若是後母的「喜糖」，就複雜得多了。又如琵琶和父親起了衝突，被父親囚禁後逃出來，住在媽媽和姑姑的家，晚上她躺在地板的睡舖，凝望著七巧桌的多隻椅腿，覺得核桃木上的紋路很像「核果巧克力」，彷彿可以吃下肚一般：

她們拿沙發墊子給她在地板上打了個舒服的地鋪。躺在那裡，她凝望著七巧桌的多隻椅腿。核桃木上淡淡的紋路渦卷，像核果巧克力。剁下一塊就可以吃。她終於找到了路，進了魔法森林。

對琵琶來說，小時候全家團聚時，母親就像童話故事中的神仙教母，可以點石成金，有母親的家就像個「魔法森林」，和童話一樣美妙。甜甜的「核果巧克力」，正象徵她對母愛的嚮往。

但之後琵琶與母親的感情，因為錢的問題起了變化，琵琶成了母親的負擔，母親有所怨懟，讓琵琶感到難受。張愛玲藉著描寫母女飲食的互動，暗示琵琶與母親之間存在距離：

疏離禁忌的感覺籠罩了桌邊，從琵琶坐的地方看，蛋糕小得疊套在一起。「來，吃塊蛋糕。」露道，一邊倒茶。「自然一點。禮多反而矯情。」蛋殼薄的細磁並不叮叮響，而是悶悶的聲響。琵琶徐徐伸手拿蛋糕，蛋糕像是在千里之外，也像踩著軟垂的繩索渡江，每一步都軟綿綿的不踏實。

琵琶從她的視線看過去，「蛋糕小得疊套在一起」，以視覺的「蛋糕變小」，形容這對母女的距離之遠；磁器相擊的「悶悶聲」，反映的是「不踏實」的心理感受，暗喻母女關係疏離。藉著書寫點心、零食與用餐，張愛玲將人與人的親疏離合，巧妙的呈現出來了。

打翻的酸梅湯

「酸梅湯」也是甜點的一種，在〈金鎖記〉裡，七巧款待季澤吃點心與酸梅湯，像妻子一樣親自拿筷子，為他揀掉蜜層糕上的玫瑰與青梅。飲食的過程中，季澤一邊提到錢，一邊「把咬開的餃子在小碟裡蘸了點醋」，敏感的七巧覺得他根本是為錢而來，對她毫無真情，心裡便如淋了酸醋般不是滋味，一怒之下將扇子向季澤的頭上擲去，打翻了酸梅湯：

> 七巧雖是笑吟吟的，嘴裡發乾，上嘴唇黏在牙仁上，放不下來。她端起碗蓋來吸了一口茶，舐了舐嘴唇，突然把臉一沉，跳起身來，將手裡的扇子向季澤頭上滴溜溜擲過去，季澤向左偏了一偏，那團扇敲在他肩膀上，打翻了玻璃杯，酸梅湯淋淋漓漓濺了他一身。

酸梅湯象徵的是愛情，湯汁又酸又甜的滋味，反映七巧既甜又苦的心情，甜的是，許久沒有單獨相對的時刻；苦的是，原來三爺對她終究不是真心，只是為了錢而來。「打翻」食物與湯汁滴落的聲響，則象徵兩人糾葛已久的情感被破壞了，將如酸梅湯的殘汁一滴滴的流逝：

> 季澤走了，丫頭老媽子也給七巧罵跑了。酸梅湯沿著桌子一滴一滴朝下滴，像遲遲的夜漏——一滴，一滴……一更，二更……一年，一百年。真長，這寂寂的一剎那。

多年來，七巧忍受寂寞的痛苦，加上長久以來對季澤在愛情與金錢上的疑慮，都在這時深深觸動她的敏感神經，這些痛苦和怨忿，便藉由打翻酸梅湯一次迸發出來。酸梅湯滴落的聲音清脆、刺耳，一滴一滴、一口一口地咬噬著七巧破裂的心，生成了一種蒼涼感。這段描述以酸、甜滋味的酸梅湯為主，正是張愛玲對七巧愛情的悲劇，作出的總結。

除了七巧的酸梅湯外，《秧歌》的金花結婚時眾人鬧洞房，金花受到費同志的調戲，在推開費同志時，不慎將桌上的茶碗跌個粉碎，讓喜事蒙上不祥的陰影，小說便籠罩著「怕幹部從此記了仇」的恐慌氣氛。在小說中像這樣打翻食物、打破餐具的描寫，都是一種製造戲劇衝突的手法。

04
辛辣食物的濃烈與誘惑

——她剩下的半杯一口喝了下去，無緣無故馬上下面有一股祕密的熱氣上來，像坐在一盞強光電燈上……（〈怨女〉）

想吃辛辣的食物，代表你對生活也渴望著高度刺激。辛辣刺激口腔時，也會刺激大腦釋放內啡肽，能促進多巴胺的分泌，可影響一個人的情緒，因此有「愛情的毒藥」之稱，它帶來的興奮感覺，會給人一種愛情的錯覺。刺激性的食物，包括酒、咖啡、濃茶及各種辛辣調味品，如蔥、薑、辣椒、胡椒粉、咖哩等等，品嚐它們能造成強烈的感受，於是張愛玲信手拈來與小說人物的情感、情欲相連結，成為獨特的意象。

酒是色媒人

酒是刺激性的飲料，在古典小說《金瓶梅》中多次提到一句俗語：「茶為花博士，酒是色媒人。」書中不論夫妻或偷情的男女在調情時都會喝酒，說明在明代一般人的心目中，酒是調情助性的飲料，有激發情欲的作用，時至今日，酒對現代人的意義仍然差距不大。

張愛玲筆下的男男女女，有時也會因為喝酒喚起激情，因為酒能激發人類的原始本能——情欲，因此她常藉著酒來闡釋男女之情。在《易經》中，寫到琵琶的好友比比和男人調情，就是以酒來比喻男女關係：

> 琵琶倒覺得比比是在跟他調情，貪得無厭的本能與其他本能一塊發作，自己不知道。不然還有什麼樂趣？人人在混濁的燈光下轉來轉去，像是粗釀的酒裡的分子，唯有最初始的生命出現。混沌初開，男與女的力量，陰與陽的力量。

在張愛玲的眼中，男與女就像「酒裡的分子」，結合之後，「初始的生命」便誕生了，那是男女、陰陽結合的力量，能夠開闢混沌，創造出新生命，這段文字淋漓盡致地道盡了酒和性愛的關係。

又如《怨女》裡的銀娣在分家後，頭一次與三爺單獨相對，共飲的「玫瑰燒高粱酒」也有情欲意味。銀娣不過喝了兩杯，情欲就隨著血液循環周身流動，從眼神中，可以看到她漸漸管不住自己了：

她喝了兩杯酒，房間越冷，越覺得面頰熱烘烘的，眼睛是亮晶晶沉重的流質，一面說著話，老是溜著，有點管不住。

接著三爺繼續勸酒，銀娣更覺得欲火焚身：

她剩下的半杯一口喝了下去，無緣無故馬上下面有一股祕密的熱氣上來，像坐在一盞強光電燈上，與這酒吃下去完全無干。

「熱氣」與「強光」表示情欲在酒精的催化下，已經被撩撥到最高點了。但這樣的描寫還不夠，再配合視覺，寫銀娣將「冰糖」與「乾玫瑰」倒入酒瓶時，乾玫瑰產生的變化，象徵愛情的發生，強化了情欲的氛圍：

她打開紙包，倒到酒瓶裡，都集結在瓶頸。乾枯的小玫瑰一個個豐艷起來，變成深紅色。從來沒聽見說酒可以使花復活。冰糖屑在花叢中漏下去，在綠陰陰的玻璃裡緩緩往下飄。不久瓶底就鋪上一層雪，雪上有兩瓣落花。她望著裡面奇異的一幕，死了的花又開了，倒像是個兆頭一樣，但是馬上像噩兆一樣感到厭惡，自己覺得可恥。

冰糖象徵甜蜜的愛，紅色的玫瑰花是愛神維納斯的標誌，意思是美麗、愛情、熱情以及圓滿，它也令人聯想到火的元素，相愛的人莫不熱情如火，但此時玫瑰都堆積在「瓶頸」，彷彿是說銀娣的愛情遇到了瓶頸。三爺好比酒，玫瑰就是年輕守寡的銀娣，當枯槁的玫瑰遇上了酒便「復活」了，變成深紅色的，意味原本沒有希望的愛情及缺乏滋潤的身體「死灰復燃」，有了希望，可惜它仍然遇到瓶頸，多少年過去了，始終沒有著落。

回頭看當年小劉送的那包白菊花，銀娣「每天泡著喝，一朵朵小白花在水底胖起來，緩緩飛升到碗面」，這些吸水後豐盈的菊花，滿溢對愛情的嚮往，但這樣的初戀除了這一大包菊花，「此外也沒有什麼了」。因為小劉家境貧寒，儘管也託人提親，銀娣最後還是嫁給了錢。菊花茶的平淡滋味，與上述玫瑰酒的濃烈，正好形成強烈的對比。

後來銀娣疑心三爺企圖騙她的錢，氣起來打了他一巴掌，將他趕走，三爺離開時沒有帶走酒，銀娣便拿起酒瓶，將酒一口飲下：

桌上那瓶酒是預備給他帶回去的。她拔出瓶塞，就著瓶口喝了一口。玫瑰花全都擠在酒面上，幾乎流不出來。有點苦澀，糖都在瓶底。

象徵愛情的玫瑰與糖，都被困在酒瓶裡。現在，堵塞在瓶口的花瓣象徵「隔絕」；糖被遠遠的隔離，沉在瓶底，象徵銀娣永遠也嘗不到糖一般甜蜜的愛了。「苦澀」說的是愛情帶來的愁苦，反映銀娣內心的痛苦。

而在《半生緣》裡，叔惠收到翠芝的信，得知她可能與別人訂婚，內心既無奈、又難過，因為兩人的家世背景差距太大，他們「門不當，戶不對」。叔惠自尊心強，志向也不小，在事業未成以前，絕對無法迎娶翠芝，因而斷了念頭，借酒澆愁起來：

> 一抬頭看見桌上的酒，就倒了一杯喝著解悶。但是「酒在肚裡，事在心裡」，中間總好像隔著一層，無論喝多少酒，都淹不到心上去。心裡那塊東西要想用燒酒把它泡化了，燙化了，只是不能夠。

叔惠心裡的那塊東西就是「痛苦」，像是整塊堅硬的，難以用酒化去。他想淹沒在酒精之中，讓感覺麻木，可惜做不到，「痛苦」依然劇烈地存在，令人想起「酒入愁腸，化作相思淚」的詩句。酒，原本是男女歡愛的媒人，最終卻轉變成讓銀娣、叔惠飽受愛情幻滅之苦的象徵。

酒與女人、情欲似乎脫離不了關係，在〈桂花蒸阿小悲秋〉裡，哥兒達房間掛著的威士忌酒廣告，透露他對女性肉體的欲念：

牆上用窄銀框子鑲著洋酒的廣告，暗影裡橫著個紅頭髮白身子，長大得可驚的裸體美女。題著「一城裡最好的。」和這牌子的威士忌同樣是第一流。這美女一手撐在看不見的家具上，姿勢不大舒服，硬硬地支拄著一身骨骼，那是冰棒似的，上面凝凍著冰肌。她斜著身子，顯出尖翹翹的圓大乳房，誇張的細腰，股部窄窄的；赤著腳，但竭力踮著腳尖彷彿踏在高跟鞋上。短而方的「孩兒面」，一雙棕色大眼睛愣愣地望著畫外的人，不樂也不淫，好像小孩子穿了新衣拍照，甚至於也沒有自傲的意思；她把精緻的乳房大腿蓬頭髮全副披掛齊整，如同時裝模特兒把店裡的衣服穿給顧客看。

威士忌廣告中的美女身材豐滿，寓示酒的醇厚；性感撩人的姿態，寓示酒的濃烈。這裡一一描述美女肉體的各個部位，透露了哥兒達理想中的女人，一定是豐滿的肉體和少女美的結合。她必須淺薄如同孩子，因為他有男性優於女性、將女性視為玩物的思想。酒、色被有意的串聯起來，讓哥兒達的房間充滿了淫靡的氣氛。

咖哩汁火辣帶勁又能灼傷人心

另一種在小說中出現的刺激性食物是咖哩汁。咖哩是印度人常用的醬料，餐盤裡的主料會被淹沒在濃稠的咖哩汁裡，顏色從暗紅到金黃都有，味道由微辛到極辣，是一種使身體辣到震撼的佐料，吃了淋上咖哩汁的食物，會帶來觸覺、味覺以及麻辣過後的悸動，充滿感官的刺激。

在〈紅玫瑰與白玫瑰〉中，「咖哩」被用來暗示人物的氣質。閱讀整篇小說可發現，只要有嬌蕊出現的地方，就會有糖核桃、酥油餅乾、花生醬等甜食，暗示她充滿甜蜜的誘惑。另有一道菜叫做「咖哩羊肉」，則是象徵嬌蕊的火辣帶勁，吃這道菜時，嬌蕊正穿著浴衣，頭髮都沒有乾透，還在滴水，相當性感。在振保的眼中，嬌蕊就是「熱一點的女人，放浪一點的，娶不得的女人」，但這類的女人才是他真正喜歡的。

在〈連環套〉裡，「咖哩汁」就成為人物調情互動的推手。雅赫雅的印度表親發利斯某一天來訪，與雅赫雅、霓喜夫妻用餐。發利斯吃下沾有咖哩汁的食物，受不了辣的刺激，反應激烈、表情誇張，引起了霓喜的注意，藉機進一步的調情：

霓喜如何肯放過他，這發利斯納著頭只管把那羊脂烙餅蘸了咖哩汁來吃。雅赫雅嫌咖哩汁太辣，命霓喜倒杯涼水來。霓喜給了他一杯涼水，卻倒一杯滾燙的茶奉與發利斯，發利斯喝了一口，舌頭上越發辣得像火燒似的，不覺攢眉吸氣。……霓喜笑吟吟伸手待要潑去那茶，發利斯按住了茶杯，叫道：「不用了，嫂子別費事！」兩下裡你爭我奪，茶碗一歪，倒翻在桌上，霓喜慌忙取出抹布來揩拭桌布的漬子，道：「這茶漬倒不妨事，咖喱滴在白桌布上，最是難洗。」發利斯盤子的四周淋淋漓漓濺了些咖哩汁，霓喜擦著，擦著，直擦到他身邊來，發利斯侷促不安。

這時的咖哩汁是情感的觸媒，霓喜為發利斯擦掉咖哩汁的舉動，正是火辣的調情，但可惜「落花有意、流水無情」，非但沒有撩撥起發利斯的情欲，反倒令他侷促不安。到了小說的結尾，發利斯向霓喜提親，霓喜誤以為自己仍舊很有魅力，沒想到發利斯中意的對象是她的女兒，這對一個曾經在情場無往不利、現今已遲暮的女人來說，真是最沉重的難堪！發利斯舌頭上的「咖哩汁加滾燙熱茶」，恐怕也已灼傷了霓喜的心。

05
半成熟的毛雞蛋

——主人臉上的肉像是沒燒熟，紅拉拉的帶著血絲子。（〈桂花蒸阿小悲秋〉）

如毛雞蛋的長相

在張愛玲的小說中，經常會將人物與食物結合在一起，使人物的長相具有食物的某些特徵，以傳達象徵意義。其中有一樣特別的食物是「毛雞蛋」，在〈桂花蒸阿小悲秋〉裡，用來比喻外國人哥兒達的長相：

主人臉上的肉像是沒燒熟，紅拉拉的帶著血絲子。新留著兩撇小鬍鬚，那臉蛋便像一種特別滋補的半孵出來的雞蛋，已經生了一點點小黃翅。

故事中提到的這種半孵化的蛋，就是「毛雞蛋」，是雞蛋在孵化的過程中受到不當的溫度、濕度或是某些病菌的影響，導致胚胎發育停止，死在蛋殼內尚未成熟的小雞。這種雞蛋的特色是，大部分的營養成分都流失了，但激素含量特別高。

這個從東方女人阿小的眼中所見白人男性的臉，是半成熟、半死亡的，非常不健康的模樣，讓人聯想到荷爾蒙激素，這段針對人物外貌的描寫，其實就是暗指哥兒達滿腦子情欲及好色的本性。

吃生雞蛋補身

吃東西的方式，也可以用來比喻人物面對情欲時的態度，比如哥兒達每次與情人約會後，都要吃個生雞蛋補身：

> 女人去了之後他一個人到廚房裡吃了個生雞蛋，阿小注意到洋鐵垃圾桶裡有個完整的雞蛋殼，他只在上面鑿一個小針眼，一吸——阿小搖搖頭，簡直是野人呀！

需要吃雞蛋補身，是因為縱欲過度到了必須強健體能的程度。雞蛋本身象徵「繁衍」，與「性」連結，加上哥兒達那毛雞蛋似的長相，暗示他的性生活混亂、道德感低落。在張愛玲的小說中，人物的飲食與個性就像這樣密切的連繫在一起，描述哥兒達有如野人生吃雞蛋的行為，便是指他有著原始的獸性，眼裡只有「性」。食與色，都是人類的本性，張愛玲運用食物意象塑造出色欲薰心的哥兒達，成功的揭示了人物的內在本質。

06
母愛洋溢的牛奶

——給他那雙綠眼睛一看，她覺得她的手臂像熱騰騰的牛奶似的，從青色的壺裡倒了出來，管也管不住……（〈第一爐香〉）

人類出生時品嚐的第一種食物，就是來自母親乳房的乳汁，蘊含了愛、安全感、溫暖、幸福等愉悅感；母牛的乳汁——牛奶，令人聯想到母愛。在六千年前，古埃及人已經使用牛奶作為祭品，在埃及神話中象徵愛情與豐產的女神「哈索爾」（Hathor），就長了一顆奶牛的頭，她代表了愛情與豐饒，具有多重身分，包括法老王的乳娘和未婚女性的守護神，埃及豔后克麗奧佩特拉（Cleopatra）是她的虔誠信徒。

牛奶象徵「母性」，意味維繫大地與母親的同情憐憫之心，英語「the milk of human kindness」指的就是「惻隱之心」。據說夢中的牛奶也代表著母親的愛、仁慈、生氣蓬勃，或對新認識的友人付出同情心。不論古今中外，對牛奶的概念大多與「母愛」相連結。

男女間的母性愛

在張愛玲小說裡出現過幾次「牛奶」，有時象徵的是「母性愛」，尤其表現在「女高男低」地位不對等的男女關係。在愛情中，女性有時容易對經濟弱勢的男性產生情愫，最典型的人物就是〈第一爐香〉的葛薇龍。薇龍初見喬琪就深深被他吸引，張愛玲以牛奶暗指薇龍的母性：

> 薇龍那天穿著一件磁青薄綢旗袍，給他那雙綠眼睛一看，她覺得她的手臂像熱騰騰的牛奶似的，從青色的壺裡倒了出來，管也管不住，整個的自己全潑出來了。

薇龍整個人像化為牛奶，往喬琪「潑」去，反映她對喬琪複雜的情感中實包含了母性，她被喬琪「小孩似的神氣」給吸引，對他寬大、包容。但不要忘記，母愛其實也包含了「犧牲」，喬琪「沒有錢，又享慣了福」，薇龍愛上他以後，就走向黑暗的命運，愛他的方式就唯有犧牲——「替喬琪喬弄錢，替梁太太弄人」，但這樣只會將自己拉入「無邊的恐怖」。

張愛玲曾在散文〈談跳舞〉中提到母愛：「女人，如果也標榜母愛的話，那是她自己明白她本身是不足重的，男人只尊敬她這一點，所以不得不加以誇張，渾身是母親了。」這段話，為薇龍由自卑產生的母性愛，作出最好的詮釋。

〈琉璃瓦〉中的曲曲，她的穿著也蘊含了牛奶的意象：「她穿著乳白冰紋縐的單袍子，黏在身上，像牛奶的薄膜，肩上也染了一點胭脂暈。」

曲曲愛上的王俊業沒有多少錢，也沒有產業，一家人租房子住，只能靠死薪水生活，但王俊業善於「做小伏低，曲意逢迎」，小男人的特質非常吸引曲曲，勾起了她的母性愛，願意結婚。曲曲衣服上的牛奶意象，暗示她對王俊業的愛當中，更多了些憐愛疼惜的母性愛。

母親的母愛

與男女之間的母性愛不同的，是母親與子女之間的母愛。在《雷峰塔》中，琵琶多年不見的母親回國以後，全家搬到新房子住，琵琶一踏進新家，就聞到房子裡有「煮牛奶的味道」，因為母親在這個家的緣故。

而在〈心經〉裡，許峰儀想要了斷與女兒許小寒的「亂倫戀」，就和長相肖似小寒的段綾卿同居，這讓小寒傷心不已，她的母親許太太為了安撫女兒，吩咐女傭準備熱牛奶給女兒喝：

小寒道：「你——你別對我這麼好呀！我受不了！我受不了！」許太太不言語了。車裡靜悄悄的，每隔幾分鐘可以聽到小寒一聲較高的嗚咽。車到了家，許太太吩咐女傭道：「讓小姐洗了澡，喝杯熱牛奶，趕緊上床睡吧！明天她還要出遠門呢。」

許太太身為最無辜的受害者，看著丈夫與女兒發生不正常的愛，對小寒卻只有嘆息，沒有苛責，甚至願意幫女兒收拾善後、安排女兒的去處，這是偉大母愛的展現，代表了母親對犯錯子女的寬容。

對情欲的渴求

對人類來說，「食」與「色」兩者同等重要，張愛玲在散文〈燼餘錄〉中提到，在香港戰後，人人最關心的就是吃、戀愛與結婚，她說：「去掉了一切的浮文，剩下的彷彿只有飲食男女這兩項。」除了母性愛、母愛，牛奶在張愛玲的小說裡，也有情欲的象徵。

在《易經》中，琵琶在醫院裡拿著兩瓶牛奶，經過長長一排病床間的通道時，牛奶的香氣引來所有病人的側目：

牛奶瓶捧在懷裡，一邊一個，像光著兩隻大乳房，晃來晃去，猥褻淫蕩。目光若是有毒，那麼些眼睛釘著看，牛奶一定也中毒了。

牛奶讓人聯想到女性的乳房，所以會與性欲連結起來。在這裡，張愛玲寫出病人們對於情欲的飢渴盼望，有些身在病中的人仍會飢餓，自然也有情欲，食欲與性欲本質上接近，兩者都是人類最基本的需求。

07
食物的不祥與吉祥

——火盆有炭氣，丟了一隻紅棗到裡面，紅棗燃燒起來，發出臘八粥的甜香。（〈留情〉）

有一些食物本身象徵著不祥或吉祥，在張愛玲的小說中常能襯托出悲、喜的氛圍，或是有隱喻的作用。有時張愛玲利用諧音，賦予食物不祥或吉祥的意義，做為一種徵兆，暗示人物的命運。這種手法在古典小說中常見，比如在《紅樓夢》中，寫寶釵住的梨香院有梨花樹，黛玉的瀟湘館也有大株梨花，似乎暗示兩人與寶玉的結局注定是分離。梨與「離」同音，古俗不把它作為吉祥的象徵，而將棗和梨視為「早離」的不祥先兆。

吃了梨，就分離

「梨」的意象在張愛玲的小說中經常見到，比如〈花凋〉描述章雲藩在鄭家作客，飯後與川嫦在客廳裡聊天，而鄭夫人在隔壁房吃麵，她見到孩子的嘴裡啃著梨，便叫道：「是誰給他的梨？樓上那一籃子梨是姑太太家裡的節禮，我還要拿它送人呢！動不得的。誰給他拿的？」這裡只是提到梨，而不是吃梨，但已起著預告的作用，預告雲藩可能會與川嫦分離。

在〈多少恨〉中，梨也暗示虞家茵與夏宗豫將要「分離」。宗豫與太太感情不睦，分居兩地，後來和女兒的家庭教師家茵戀愛了，打算離婚，但他的太太搬回家同住後，家茵、宗豫的戀情就增添了變數。有一次，宗豫在家茵的家裡吃梨，分離的氣氛，便悄悄地浮現出來：

> 她把梨削好了遞給他，他吃著，又在那一面切了一片下來給她，道：「你吃一塊。」家茵道：「我不吃。」他自己又吃了兩口，又讓她，說：「挺甜的，你吃一塊。」家茵道：「我不吃，你吃罷。」宗豫笑道：「幹什麼這麼堅決？」家茵也一笑，道：「我迷信。」宗豫笑道：「怎麼？迷信？講給我聽聽。」家茵倒又有點不好意思起來，道：「因為……不可以分——梨。」宗豫笑道：「噢，那你可以放心，我們決不會分離的！」家茵用刀撥著蜿蜒的梨皮，低聲道：「那將來的事情也說不定。」宗豫握住了她握刀的手，道：「怎麼會說不定？你手上沒有螺，愛砸東西，可是我手上有螺，抓緊了決不撒手的。」

家茵害怕與宗豫分離，拒絕分食一個梨子，反映她內心對這段感情的擔憂和對分離的恐懼；宗豫則表明絕不撤手，即使吃梨也不怕，態度堅決，但「梨」的意象已經說明，這是一場沒有結果的愛情。

而在《雷峰塔》裡，「梨」象徵的是別的意思。琵琶的母親主張讓琵琶出國讀書，在母親的主張下，回家向父親要求出國留學的費用，但父親以快要打仗為由拒絕了，接著琵琶便從冰箱裡拿了梨子：

> 電話、無線電、鋼桌和文件櫃，他們最珍貴的資產，都擱在吸煙室的各個角落裡。拿梨的時候感覺到榮珠在煙舖上動了動，煩躁不安。她倒不是貪吃，並不愛吃梨，只是因為她母親囑咐要常吃水菓。她關上冰箱門，拿著梨含笑走了出去。

這裡藉著「琵琶拿梨」的小動作，呈現後母榮珠面對丈夫前妻的子女提出金錢要求時，內心的不安感。琵琶的父親和後母將「最珍貴的資產」放在吸煙室，謹慎地看守財產，防範子女的意味濃厚，琵琶知道「跟他們要一筆不小的支出，等於減了他們十年的陽壽」。

琵琶拿梨，有「拿離資產」的意思，要求出國無異是花掉財產，前妻更是後母的假想敵，這些都使榮珠感到不安，不久她便藉故打了琵琶，再唆使丈夫將琵琶監禁起來。「梨」，呈現後母對繼女的矛盾心理。

地獄、驅邪與蒜頭

蒜頭也是象徵不祥的意思。大蒜，又稱蒜頭，這種佐料經常出現在吸血鬼的傳說中，古希臘人會把大蒜放在交叉路口，當作是獻給掌管冥界女神海克緹（Hecate）的祭品。大蒜又是驅邪之物，與死亡、邪惡相關聯，比如在〈年輕的時候〉中，用蒜頭形容沁西亞結婚的教堂外觀：

俄國禮拜堂的尖頭圓頂，在似霧非霧的牛毛雨中，像玻璃缸裡醋浸著的淡青的蒜頭。

為沁西亞主持婚禮的神父「因為貪杯的緣故，臉上發紅而浮腫。是個酒徒，而且是被女人寵壞了的」。拿著托盤的香伙「留著一頭烏油油的秀髮，人字式披在兩頰上，像個鬼，不是『聊齋』上的鬼，是義塚裡的，白螞蟻鑽出鑽進的鬼」。沁西亞舉行婚禮的教堂外觀，被形容得像「醋浸著的淡青的蒜頭」，種種描述，都將一樁喜事營造出鬼魅恐怖的氛圍，暗示沁西亞的婚姻將帶著她走入「地獄」，走向不幸的人生。

而在歐洲，一般人認為大蒜能驅除吸血鬼，所以被用來驅邪。《赤地之戀》中的大蒜也有驅除邪惡的意思。劉荃參加處決地主的行動，他親眼看見犯人血肉模糊的慘狀，自己也親手槍殺了一個犯人，事後劉荃吃炸醬麵，但他一聞到麵裡飄散出來的蒜味，就嘔吐了起來：

> 劉荃一坐上桌子，聞見那熱辣辣的蒜味，就覺得心裡一陣陣地往上翻，勉強扶起筷子來，挑了些麵條送到嘴裡去，心裡掀騰得更厲害了，再也壓不下去，突然把碗一放，跑到門外去，哇的一聲嘔吐起來。

心與身相通，劉荃受到蒜味的刺激而嘔吐，表面上是把讓人不舒服的東西排除體外，實際上，他的生理動作反映了內心的感受，透露劉荃對於「殺戮」這種邪惡行為的厭惡與排斥，他眼見無辜的人冤屈慘死，自己更做了劊子手，而受到良心的譴責，精神上深受打擊和折磨。大蒜在故事中的作用，就是讓劉荃宣洩出心中的污穢與罪惡感。

紅棗象徵第二春

張愛玲的小說裡也有象徵吉祥的食物，比如在〈留情〉開頭出現的「紅棗」。紅棗在中國的民俗上象徵「早生子」，傳統鬧新房時，主人家要在屋子裡灑下圓錢、棗子與花生，祝福夫妻圓好及早生貴子。紅棗在〈留情〉裡，象徵米先生的第二春：

小小的一個火盆，雪白的灰裡窩著紅炭。炭起初是樹木，後來死了，現在，身子裡通過紅隱隱的火，又活過來，然而，活著，就快成灰了。它第一個生命是青綠色的，第二個是暗紅的。火盆有炭氣，丟了一隻紅棗到裡面，紅棗燃燒起來，發出臘八粥的甜香。炭的輕微的爆炸，淅瀝淅瀝，如同冰屑。

米先生就好比炭，年輕時是青綠茂盛的樹木，但他現在老了，心裡籠罩著太太可能死去的陰影，感覺自己「一生的大部分也跟著死了」。米先生那年輕、美麗的姨太太敦鳳，猶如那顆投入火盆裡的紅棗，是他的第二春，讓他死灰的生命得以復甦，由青綠轉為暗紅；紅棗發出來的甜香，象徵第二春給米先生的生命帶來了滋潤。

蠔湯帶來好事

出現在〈傾城之戀〉結尾裡的「蠔」，也象徵吉祥之意。蠔的讀音接近「好」，蠔被曬乾以後叫做「蠔豉」，粵語發音為「好事」，因此成為廣東人和香港人桌上的年菜，以求一整年有好事發生。〈傾城之戀〉的故事發生在香港，我們可由當地的方言來解讀食物的涵義。

范柳原與白流蘇在香港戰爭後，上街買了一袋小蠔，回家途中遇到薩黑夷妮公主，柳原順口邀她回家吃蠔湯。吃飯時，柳原與薩黑夷妮用英語閒談，薩黑夷妮稱流蘇為「白小姐」，柳原便說他已經與流蘇登報結婚了，流蘇沒聽懂他們的話。送走客人後，果然有「好事」發生了：

> 流蘇站在門檻上，柳原立在她身後，把手掌合在她的手掌上，笑道：「我說，我們幾時結婚呢？」流蘇聽了，一句話也沒有，只低下了頭，落下淚來。柳原拉住她的手道：「來來，我們今天就到報館裡去登啟事。不過你也許願意候些時，等我們回到上海，大張旗鼓的排場一下，請請親戚們。」流蘇道：「呸！他們也配！」說著，嗤的笑了出來，往後順勢一倒，靠在他身上。柳原伸手到前面去羞她的臉道：「又是哭，又是笑！」

蠔是吉祥的食物，為流蘇捎來結婚的喜訊，象徵愛情開花結果了。儘管婚後柳原對別的女人調情，「把他的俏皮話省下來說給旁的女人聽」，流蘇到底還是做了「名正言順的妻」，雖然她的喜悅中帶著些許無奈。

張愛玲對食物、烹調與中國人的文化，有極為深入的認識，她曾在《半生緣》中藉著叔惠之口，評論中國的吉祥食物：「蛤蜊也是元寶，芋艿也是元寶，餃子蛋餃都是元寶，連青果同茶葉蛋都算是元寶——我說我們中國人真是財迷心竅，眼睛裡看出來，什麼東西都像元寶。」張愛玲便是這樣信手拈來，將人們賦予食物的感情寄託和文化意涵，巧用在作品中，使小說中的食物充滿豐富的意蘊。

08
菠菜包子的鏡意象

——一部分的報紙黏住了包子，他謹慎地把報紙撕了下來，包子上印了鉛字，字都是反的，像鏡子裡映出來的……（〈封鎖〉）

鏡子是一個極度複雜的象徵，具有多重意義，主要表示真理、清澈及對自我的審視。鏡子可以反射光線，因此又與太陽及月亮的意象相連結。對印度教徒而言，鏡子象徵真實的幻覺本質，中國也有「鏡花水月」一詞，比喻空幻不實在。而俗語說「破鏡難圓」，當鏡子破裂時，就象徵美麗或純真的喪失，或是惡運的徵兆。

鏡子與包子

陳炳良在收入《張愛玲短篇小說論集》的〈「封鎖」分析〉一文中指出，張愛玲在〈封鎖〉裡運用食物的鏡意象，是為了「襯托出這個是非顛倒的世界」。但與其這麼說，不如理解為：食物的鏡意象是為了要在小說中，將男人面對婚外戀時的心態，澈底的揭露出來。

〈封鎖〉故事一開始，敘述呂宗楨下班後在電車上遇到封鎖，耽誤了晚餐時間，只好吃起太太要他帶回家的菠菜包子：

一部分的報紙黏住了包子，他謹慎地把報紙撕了下來，包子上印了鉛字，字都是反的，像鏡子裡映出來的，然而他有這耐心，低下頭去逐個認了出來：「訃告……申請……華股動態……隆重登場候教……」都是得用的字眼兒，不知道為甚麼轉載到包子上，就帶點開玩笑性質。也許因為「吃」是太嚴重的一件事了，相形之下，其他的一切都成了笑話。

「菠菜包子」在小說中象徵呂宗楨的面子問題：「一個齊齊整整穿著西裝戴著玳瑁邊眼鏡提著公事皮包的人，抱著報紙裏的熱騰騰的包子滿街跑，實在是不像話。」他是奉太太之命去買包子的，滿心不情願，覺得有傷男性的自尊心，這是他與吳翠遠這場婚外戀的起點。

鏡像的文字

食物的鏡意象呈現了婚外戀給呂宗楨的壓力，以及他對生存問題的恐懼。包子上面倒反的鉛字猶如鏡子的反射，可能代表與現實相反，或象徵一種惡兆，我們可以推想，包子上面印的「訃告」，呼應翠遠穿著的旗袍：「她穿著一件白洋紗旗袍，滾一道窄窄的藍邊——深藍與白，很有點訃聞的風味」，都是在暗示兩人短暫的戀愛終究會走向結束。在封鎖時，翠遠經歷的人、事、物，包括這場短暫的戀愛，都將在封鎖後一一「死去」。

「華股動態」，令人聯想到股票下跌時對人們的影響。婚外戀就像投資股票，剛開始只是想嘗試是否能賺到錢，嘗到甜頭了以後，關注的股票越來越多，投入的資金也越來越多，就不想出來了，偶爾賺錢就很高興，等到虧錢了，就想投入更多賺回來，然後就被股市套牢。談婚外戀，總要有點玩股票式的賭徒般的勇氣，可惜呂宗楨沒有這種賭性。

所以呂宗楨還是打退堂鼓了，在小說的最後，他對翠遠說：「我——我又沒有多少錢，我不能坑了你的一生！」張愛玲以冷峻的口吻寫道：「可不是，還是錢的問題。」呂宗楨意識到離婚造成的損失就像股票下跌，可能砸了他的飯碗或失去資產，這時包子上面倒反的鉛字，便成了一種「讖語」，暗示一時的激情如果遇上現實問題，很快就會成為泡影，因此「封鎖期間的一切，等於沒有發生」，對翠遠來說，就像做了一場夢。

張愛玲對食物有豐富的想像力，從食物中創造出各種意象，有時以食物描繪人物的情感與情欲，有時表現女性的母性愛與母愛，或利用食物來暗示人物命運的吉凶，象徵吉祥或不祥，或將鏡子意象與食物結合起來，這些食物在她圓熟的駕馭下，意義更加豐富、有趣了。

09
用食物塑造人物形象

——她那活潑的赤金色的臉和胳膊，在輕紗掩映中，像玻璃杯裡瀲瀲的琥珀酒。（〈茉莉香片〉）

張愛玲小說裡的食物書寫和飲食活動，跳脫了單純摹寫食物的色、香、味，而由食物背後的象徵意義、文化、歷史、典故著手，經過藝術的提煉，往往能塑造人物形象，作為一種隱喻的手法，表現更深刻的思想。

創作時，作家除了要從外部去構思人物形象，還要重視突顯人物內在的精神內涵，比如說時代特徵、職業身分、性別年齡、氣質性格、知識教養、舉止動作等等，都是需要關注與刻畫的細節，它們肩負著傳遞諸多訊息的使命，甚至暗示或象徵作品的某些內容。

以「食物」喻人

因為張愛玲對生活有細緻深入的觀察和瞭解，對食物的各種特性也能精確地掌握，加上天生豐富的想像力，使小說中的食物能成功的塑造人物形象。尤其是，她常以食物的外觀形容人的外表，種種趣味化的比喻，相當具有幽默感。比如〈等〉的開頭寫到女傭抱孩子，那孩子的模樣是「像一塊病態的豬油，碎花開襠袴與灰紅條子毛線襪之間露出一段凍膩的小白腿」，抓住小孩皮膚白嫩多肉的特徵比喻為「豬油」，相當寫實而富有趣味。

而在《雷峰塔》中，琵琶的舅舅國柱說自己的姨太太像「油炸麻雀」，琵琶父親的姨太太是「鹽醃青蛙」。在〈第一爐香〉中稱廣東美人為「糖醋排骨」，上海女人是「粉蒸肉」。糖醋排骨加糖又加醋，重口味，很符合睇睇和睨兒嗆人的個性；粉蒸肉則是將肉片裹上蒸肉粉，放在蒸籠蒸過後，口感柔糯腴潤，可想見上海女孩葛薇龍多麼地「秀色可餐」。

又如〈第二爐香〉中，為羅傑和愫細主持婚禮的主教長相是：

> 主教站在上面，粉紅色的頭皮，一頭雪白的短頭髮樁子，很像蘸了糖的楊梅，窗子裡反映進來的紫色，卻給他加上了一匝青蓮色的頂上圓光。一切都是歡愉的、合理化的。

「蘸了糖的楊梅」甜甜的，象徵的是愛情，但是它的酸味同時也象徵傷心。主教的形象是神聖美好的，反映羅傑對婚禮的期待是「歡愉」、「合理化」的，孰料人生就是有令人心頭酸澀的意外。教堂點的是「白蠟燭」，在西方，白蠟燭象徵聖潔，表示對神的敬意，然而這只是表面上的，實際上在中國，白蠟燭普遍用於喪事，彷彿是說這樁婚事將走向悲劇。

又如〈留情〉裡的淳于敦鳳是個身材豐腴的婦人，張愛玲用「清水粽子」來形容她：

> 包在一層層衣服裡的她的白胖的身體實朵朵地像個清水粽子。旗袍做得很大方，並不太小，不知為什麼，裡面總是鼓繃繃，襯裡穿了鋼條小緊身似的。

清水粽子是沒有包餡的粽子，整個都是白米，用粽葉包起來鼓鼓的，用來形容敦鳳白皙的皮膚和豐滿的身材，相當生動。另外，《易經》中形容露的朋友張先生長相是「長圓形的頭禿了，像是雞蛋疊著雞蛋」，像兩個雞蛋交疊的頭形，比喻新奇；而形容琵琶表舅媽的臉是「坑坑洞洞像剝皮烤栗子」，也遠比形容為「月球表面」還要不落俗套。

至於在〈茉莉香片〉裡，描寫言丹朱的形象，則蘊含較複雜的含意：「她那活潑的赤金色的臉和胳膊，在輕紗掩映中，像玻璃杯裡瀲瀲的琥珀酒。」前文提及酒與女人、性、誘惑連結在一起，「琥珀酒」的比喻，形塑了丹朱的氣質，她是男人心目中的理想女性，充滿了誘人的魅力，但是「琥珀酒」在這裡與愛情無關，而是與「治療」有關。

琥珀是一種寶石，中醫用來入藥，天然琥珀還可以製作酒釀，只要先磨成碎塊，再加入九十六度的酒精，密封兩週就製成了。但琥珀酒是不能拿來痛飲的，它具有療效，可以用來擦拭身體，抵擋感冒的威脅。在小說中，因為聶傳慶古怪的個性，人緣不佳，丹朱就像藥酒一樣，「竭力的想幫助他」，最後卻引發聶傳慶許多扭曲的想像，造成了反效果，他真的將丹朱當成了「藥」，寄望與丹朱結合能幫他脫離原生家庭的痛苦。

整體的形象設計

張愛玲極注重細節的描寫，設計人物形象時務求整體性，比如描述〈相見歡〉的荀太太走路的姿態像鵝與鴨「略向兩邊一歪一歪」，同時用鵝、鴨來形容她的臉，說她「鵝蛋臉紅紅的，像鹹鴨蛋殼裡透出蛋黃的紅影子」，從長相到姿態的形象都一致。

又如在〈封鎖〉中，將坐在呂宗楨對面的老頭子，從動作、外表到思想，都用「核桃」來形容：

> 只有呂宗楨對面坐著一個老頭子，手心裡骨碌碌骨碌碌搓著兩隻油光水滑的核桃，有板有眼的小動作代替了思想。他剃著光頭，紅黃皮色，滿臉浮油。打著皺，整個的頭像一個核桃。他的腦子就像核桃仁，甜的，滋潤的，可是沒有多大意思。

用核桃的表面形容老人的膚色和皺紋，相當具有巧思；老人的思想則用核桃仁的口感來形容，「沒有多大意思」是說乏善可陳。

在〈年輕的時候〉一開始，沁西亞就被隱喻為植物，潘汝良的幻想是：「可以輕輕揢下她的頭來夾在書裡」，她像是植物的「標本」，將美麗永久保存下來；但標本是死的植物，而且是在最美的時候死去的，暗示沁西亞將在盛年就早死，這正呼應她「人中短」象徵短壽的相貌。

到了故事末尾，沁西亞病重，她憔悴的病容，就以被吸吮過的蜜棗核來形容：

沁西亞在枕上兩眼似睜非睜濛濛地看過來。對於世上一切的漠視使她的淡藍的眼睛變為沒有顏色的。她閉上眼，偏過頭去。她的下巴與頸項瘦到極點，像蜜棗吮得光剩下核，核上只沾著一點毛毛的肉衣子。

蜜棗被吸乾，是說沁西亞甜美、年輕、豐盈的生命將要消逝，她奄奄一息地，生命力已然枯竭，就只剩下那「一點毛毛的肉衣子」。脫離了汝良的幻想，此時病重的她，美麗永遠無法像標本那樣被保存下來。

透露人物的性格

人物的性格也可以用吃東西的樣子來比擬，強化人物的形象。在〈花凋〉中，將章雲藩謹言慎行的性格，用吃洋棗的模樣來比喻：

> 他說話也不夠爽利的，一個字一個字謹慎地吐出來，像在隆重的宴會裡吃洋棗，把核子徐徐吐在小銀匙裡，然後偷偷傾在盤子的一邊，一個不小心，核子從嘴角裡直接滑到盤子裡，叮噹一聲，就失儀了。措詞也過分留神些，「好」是「好」，「壞」是「不怎麼太好」。「恨」是「不怎麼太喜歡」。

這裡刻意用帶點貶抑的描述，來形容章雲藩吃洋棗，乍看會認為他性格拘謹，過分小心，但與川嫦父母對照後，這些完全是優點了。其實，章雲藩小心翼翼地生怕失儀，做事謹慎而且談吐有禮，是個有教養的人，與川嫦父母的胡鬧行為是極大的對比，川嫦才對他產生了好感。

當人物說話不順暢或是說不出話來，一般寫作者會以「吞吞吐吐」、「口吃」或「遲疑」來形容，但張愛玲別出心裁地用吃東西的經驗，或脣齒互動的關係作比喻。比如在〈等〉中，描寫推拿師龐松齡對客人賣弄專業，但他對醫學實在陌生，吹牛吹得不太順暢，就以牙仁被口香糖黏住來諷刺，簡單幾句，就將他愛賣弄、吹噓，眼高手低的糗態，描摹得極為生動。龐先生說：

「哪兩點呢？啊？他不論怎麼忙，每天晚上，八點鐘，板定要睡覺！而且一上床就睡著。白天一個人疲倦了，身體裡毀滅的細胞，都可以在睡眠的時間裡重新恢復過來的。這些醫學上的道理朱先生他都懂得。所以他能夠這樣忙，啊——而照樣的精神飽滿！」龐先生幾乎是認真咬文嚼字，咂嘴咂舌，口角生香。彷彿一粒口香糖黏到牙仁上去了，很費勁地要舐它下來，因此沉默了好一會。

又如〈金鎖記〉裡的七巧聽到季澤提到錢，發覺「顯然他是籌之已熟的」，便起了疑心，懷疑他是來借錢的，此時：「七巧雖是笑吟吟的，嘴裡發乾，上嘴唇黏在牙仁上，放不下來。」其中「黏牙」是誇張的形容七巧發現可能被騙，當下心中感到非常震驚、說不出話來的模樣。

反映教養和品味

人們對食物的認識以及飲食習慣，也可以反映他的教養和品味。在〈年輕的時候〉，潘汝良對父母頗不以為然，他認為一個人酒喝得再多，叫聲：「威士忌，不擱蘇打！」就不失為一種高尚的下流，但他的父母卻是：

像他父親，卻是猥瑣地從錫壺裡倒點暖酒在打掉了柄的茶杯中，一面喝一面與坐在旁邊算帳的母親聊天，他說他的，她說她的，各不相犯。看見孩子們露出饞相了，有時還分兩顆花生米給他們吃。

至於母親，母親自然是一個沒有受過教育，在舊禮教壓迫下犧牲了一生幸福的可憐人，充滿了愛子之心，可是不能夠瞭解他，只懂得為他弄點吃的，逼著他吃下去，然後泫然送他出門，風吹著她的飄蕭的白頭髮。

這裡以吃食突顯兩代的鴻溝，汝良父母的形象是中國傳統父母的縮影：沒有品味，缺乏美感，不瞭解孩子的心。他們照顧孩子吃食的方式像在餵寵物，父親高興起來就賞點花生米給孩子吃，與豢養家畜並無二致；母親則只求「餵飽」孩子，至於講究食物美味和烹調方式，並不是重點。他們不瞭解孩子也是有思想、有靈魂和價值判斷的人，汝良於是更加嚮往迥然不同的西方文化，那裡有威士忌與咖啡，科學化、有品味，而且新穎。

諷刺成人的幼稚

有時，張愛玲在以食物塑造人物形象時，會利用食物的特點，諷刺人物個性上的幼稚。在〈花凋〉中，就先費了一番筆墨介紹鄭家，以及鄭家混亂的狀況，尤其對鄭先生的形容更是生動：

> 鄭先生長得像廣告畫上喝樂口福抽香煙的標準上海青年紳士，圓臉，眉目開展，嘴角向上兜兜著；穿上短褲子就變了吃嬰兒藥片的小男孩；加上兩撇八字鬍就代表了即時進補的老太爺；鬍子一白就可以權充聖誕老人。鄭先生是個遺少，因為不承認民國，自從民國紀元起他就沒長過歲數。雖然也知道醇酒婦人和鴉片，心還是孩子的心。他是酒精缸裡的孩屍。

來自上海的「樂口福」是歷史悠久的營養飲品，成分含有全脂奶粉、可可粉、維生素A、維生素B等等。哪些人需要營養補給？我們直覺的就會想到小孩和老人，加上「吃嬰兒藥片的小男孩」、「即時進補的老太爺」、「聖誕老人」、「心還是孩子的心」、「酒精缸裡的孩屍」等語，綜合出一個「上了年紀，但還很幼稚」的人物形象。果然故事敘述了不少鄭先生的胡鬧行為，讓人不得不佩服，張愛玲的形容都能出乎人意料之外，又是那麼地幽默有趣。

張愛玲常以食物的外觀塑造人物形象，產生特殊的趣味，並利用食物的特質襯托人物的氣質。在設計人物形象時注重整體性，並以吃東西的動作來透露人物的性格，以人物對食物的理念和飲食習慣，反映出他們的文化水準和教養。她總能深入揭示生活中的種種細節，觀察人生百態，再運用生花妙筆塑造人物，每個人物的特質，就生動的突顯出來了。

10 人物心理的反射鏡

——油滴滴的，又滴著辣椒醬，吃下去，也把心口暖和暖和，可是濴珠滾燙地吃下去，她的心不知道在那裡。（〈創世紀〉）

張愛玲有創意的透過形容食物，呈現人物的心理與情感狀態，或以食物作為譬喻，或是書寫人物的飲食活動等細節，來形容人物的思想，這是她塑造人物的一種方法。她跳脫傳統的寫法，利用生活化的「吃」，使得筆下的人物更接近真實，喚起人們的共鳴。

虛構的「如果」

在〈茉莉香片〉中，聶傳慶經常幻想母親婚前的情人言子夜是自己的父親，彷彿這麼想，就可以逃避原生家庭帶給他的痛苦。為了呈現聶傳慶的心理，於是創造了一種虛構的食物叫做「如果」：

傳慶不由地幻想著：如果他是言子夜的孩子，他長得像言子夜麼？十有八九是像的，因為他是男孩子，和丹朱不同。……傳慶想著，在他的血管中，或許會流著這個人的血。呵，如果……如果該是什麼樣的果子呢？該是淡青色的晶瑩多汁的果子，像荔枝而沒有核，甜裡面帶著點辛酸。……吃了一個「如果」，再剎一個「如果」……

「如果」是假設的語氣，表示事情還沒有實現，或是無法實現，但又渴望實現。傳慶的理想是成為言子夜的孩子，換個家庭改變他的命運，但這是不可能實現的，只能停留在空想。

這個「如果」是「淡青色」的，淡青色又稱為水綠色，介於綠色和藍色之間。在中國的五行學說中，青色是「木」的象徵，有「生命」的含義，也是「春」的象徵，代表青春、希望與快樂，不過青色也有「慘澹」的意味。「如果」像無核的荔枝，「無核」就是「無子」，言子夜不可能有傳慶這個兒子。果子是甜的，夢想也是甜的，卻帶著辛酸，因為傳慶的夢想不可能成真，想到這裡，就令他感到酸楚，對丹朱產生強烈的嫉妒。

展現虛榮心的威士忌

在〈鴻鸞禧〉中，得志的婁囂伯從銀行下班回家，靠在沙發上休息，翻開舊的《老爺》雜誌，欣賞上面的洋酒廣告，這裡用「威士忌酒」反映婁囂伯「以富為驕，志得意滿」的心理：

「四玫瑰」牌的威士忌，晶瑩的黄酒，晶瑩的玻璃杯擱在棕黄晶亮的桌上，旁邊散置著幾朵紅玫瑰——一杯酒也弄得它那麼典雅堂皇。囂伯伸手到沙發邊的圓桌上去拿他的茶，一眼看見桌面上的玻璃下壓著一隻玫瑰拖鞋面，平金的花朵在燈光下閃爍著，覺得他的書和他的財富突然打成一片了，有一種清華氣象，是讀書人的得志。

婁囂伯是近年才發跡的，他重視體面，希望生活周遭的一切，都能夠搭配他的「得志」，所以新媳婦邱玉清很得他的心，因為玉清的長處在「給人一種高貴的感覺」，「她把每一個人裡面最上等的成分吸引了出來」。晶瑩的威士忌酒，配上晶瑩的酒杯和桌子，是成功男人的象徵，襯托典雅堂皇的氣派，也與名為「老爺」的雜誌名稱相互呼應；鞋面的金花，進一步襯托富貴氣象，讓婁囂伯十分得意，深刻地道盡人物的虛榮心理。

雄黃酒是婚姻毒藥

在〈鴻鸞禧〉中，另有「雄黃酒」的意象，與人物的心理密切綰合。婁太太雖名為一家之母，地位卻十分低落，一向被丈夫、孩子們嫌棄，鄙薄她的無能以及沒見過世面，有傷婁家的「體面」。小說的最後，婁太太回憶起小時候看人家迎親的排場，引發她對婚姻生活的感觸：

烈日下，花轎的彩穗一排湖綠、一排粉紅、一排大紅、一排排自歸自波動著，使人頭昏而又有正午的清醒，像端午節的雄黃酒。轎夫在綉花襖底下露出打補釘的藍布短褲，上面伸出黃而細的脖子，汗水晶瑩，如同罎子裡探出頭來的肉蟲。轎夫與吹鼓手成行走過，一路是華美的搖擺。

婁太太看著華美的婚禮隊伍經過，想到她也曾感受過那種「廣大的喜悅」，然而結婚多年後，她發現「結婚並不是那回事」，就像華麗的隊伍下露出轎夫的「破褲」，人們往往只看見婚禮的風光，而沒有想過婚後的生活不盡然如此，這段描述正與玉清的婚禮作為呼應。「雄黃」是一種含砷的化學物質，有毒，用來配酒，雖然能抑制細菌，但對人體也有很大的毒害，用雄黃酒比喻婁太太觀看婚禮的感受，頗有「婚姻為毒藥」的意味，令人聯想到〈白蛇傳〉中的雄黃酒，一度破壞白娘娘與許仙的婚姻。

婁太太的婚姻的確已經成了雄黃酒，藥得她雖然「頭昏」難耐，卻又必須以「正午的清醒」面對，眼睜睜地凝視自己的婚姻囚牢。張愛玲告訴我們，婚禮是多數女人嚮往的，然而結局不盡甜美，多半對女人不利，一旦結了婚，命運從此轉變，可能走向幸福，更可能的是不幸。

千葉菜喚起對過去的留戀

吃什麼菜和怎麼吃，都可以表現人物的心理，在《易經》中也可以看見鮮明的例子。張愛玲的自傳小說《易經》，內容大多描述琵琶與母親露之間的緊張關係，故事敘述露原本在國外生活，直到沒有錢才回到中國，又遇到琵琶逃家前來依附，她必須負擔女兒的生活費、讀書費用，母女經常為錢發生不愉快。在故事開頭，就是描述露吃千葉菜的樣子：

> 琵琶沒見過千葉菜。她母親是在法國喜歡上的，……她會自己下廚，再把它放在面前。美麗的女人坐看著最喜歡的仙人掌屬植物，一瓣一瓣摘下來，往嘴裡送，略吮一下，再放到盤邊上。……她自管自吃著，正色若有所思，大眼睛低垂著，臉上的凹陷更顯眼，抿著嘴，一口口嚙著。有巴黎的味道，可是她回不去了。

這段文字當作《易經》的開頭，點出琵琶與母親衝突不斷的起因，是由於母親的理想毀滅了，女兒又讓她的處境雪上加霜。

這裡衍生一個問題：母愛究竟是不是女人天生內建的？子女能不能要求母親無限制的犧牲？「千葉菜」象徵露在法國的生活，吃東西的方式也是國外的吃法，反映她心底對外國的留戀；露的形象美麗而憔悴，她細細的咀嚼，正是在追憶美好的過去，比起做母親，她內心更想做的是自己。

吃醋如汽水加檸檬汁

傳統上，稱一種嫉妒的心理為「吃醋」，並形容為「打翻了醋罈子」，但張愛玲的寫法又不一樣。在〈第一爐香〉中，薇龍發現她中意的盧兆麟目不轉睛的看著混血美女周吉婕，感到強烈的醋意：

> 盧照麟卻泰然地四下裡看人。他看誰，薇龍也跟著看誰。其中惟有一個人，他眼光灼灼看了半晌，薇龍心裡便像汽水加了檸檬汁，咕嘟咕嘟冒酸泡兒。

薇龍吃醋時的感受，就像心頭有一股檸檬汁的酸味，酸到冒泡，還發出聲音來。兼具味覺、聽覺與視覺的描寫，相當傳神地形容人在對情敵吃醋時，情緒翻騰的情狀。若不是後來出現了喬琪喬，薇龍的情感有了轉移，這股酸意，真不知該如何消除。

痛苦到對辣無感

在張愛玲的小說世界，有些食物的辣，會如同咖哩汁那樣挑起情欲；有的辣，卻會燙壞人心，但是當人心痛到極處時，那種辣又算不了什麼了。

當〈創世紀〉裡的瀠珠，發現她中意的毛耀球另有同居多年的女友後，想要分手，後來她買了臭豆腐乾和妹妹一起吃，就將被欺騙的痛苦心情，寄託在吃臭豆腐乾的滋味上：

> 油滴滴的，又滴著辣椒醬，吃下去，也把心口暖和暖和，可是瀠珠滾燙地吃下去，她的心不知道在那裡。

臭豆腐乾是滾燙的，辣椒醬的滋味混合了味覺與觸覺，本應該帶來麻辣的痛感，但是瀠珠的心裡極度失落，她感受不到暖、麻、辣、燙、痛等諸般滋味，更加強化了「心不知道在那裡」、近於麻木的悲哀。

白蘭地激化憤怒

滾燙的臭豆腐乾暖和不了心寒的瀅珠，但熱辣辣的白蘭地酒，激化了佟振保的怒火。在〈紅玫瑰與白玫瑰〉中，振保發現妻子烟鸝出軌，深感憤怒，他啜飲著白蘭地，熱熱的酒氣化作一股怒氣，直衝到他臉上：

他想起碗櫥裡有一瓶白蘭地酒，取了來，倒了滿滿一玻璃杯，面向外立在視窗慢慢呷著。烟鸝走到他背後，說道：「是應當喝口白蘭地暖暖肚子，不然真要著涼了。」白蘭地的熱氣直衝到他臉上，他變成火眼金睛。掉過頭來憎惡地看了她一眼。

振保長久以來努力的做人、做事，終於有了社會地位，有妻、有子，看起來擁有一切，成為理想中的「佟振保」，但是他的成功是靠著不斷的自我犧牲換來的：犧牲熱愛的女人，娶一個他不愛、但符合社會期待的「合宜的妻子」。長期的壓抑讓他的內心極度匱乏，孰料妻子竟出軌了！藉著酒意，振保卸下了偽飾，「火眼金睛」般憎惡的瞪視妻子，灼燒的酒氣深深地傷了他，恐怕他更厭惡的是自己的命運。

香濃、愛也濃的蓮子茶

「蓮子茶」是甜食，蓮子諧音「憐子」，意思是「愛你」，象徵愛情。在〈同學少年都不賤〉中，趙玨暗戀學姐赫素容，將赫素容的名字寫滿了一張紙，就連穹門外殷紅的天，以及映在天上鐘塔的剪影，也令她心中湧現愛的感覺，心弦的撥弄，宛如攪拌香濃的蓮子茶：

> 趙玨立刻快樂非凡，心漲大得快炸裂了，還在一陣陣的膨脹，擠得胸中透不過氣來，又像心頭有隻小銀匙在攪一盅煮化了的蓮子茶，又甜又濃。

小銀匙攪拌的動作，透露了趙玨情思翻騰的感覺。煮化的蓮子茶濃而稠，像在說她的愛情「濃得化不開」，滋味甜蜜而溫熱，正是人在熱戀中的寫照，反映少女初戀時的那種奔放、快樂的心情。

食物的色、香、味，牽動著人們的感官，也牽動人們的內心世界。張愛玲利用食物的本質和飲食行為，書寫人物的心理，食物烹調時產生的種種變化，也轉化為人物的心思，設想新奇。只有真正的生活藝術家，才能如此細膩地藉由食物與飲食，道出人物隱密幽微的內在世界。

11
深刻寓意的寄託處

——季澤一撩袍子，鑽到老太太屋子裡去了，臨走還抓了一大把核桃仁。（〈金鎖記〉）

凡是在時間的長河經得起淘洗，最後能夠流傳下來的優秀小說，都是寓意豐富而深遠的。傳達小說的寓意，是作家追求的一種藝術境界，除了寄託故事想要表現的思想外，也蘊含了作家對生活深刻的體會與觀察。張愛玲善於利用書寫食物，做為過渡到後文情節的引子，文字之間往往寄託深刻的寓意，使小說的情節與人物立體化，也讓每一處環節更為緊密。

糖炒栗子串連情節

糖炒栗子在宋代已經是零食名點，與棗子合稱「早立子」，在婚禮那天，由一個家庭美滿的吉利婦人，將棗子栗子灑向喜床，祝福新人早生貴子，也有祝福婚姻美滿之意。在〈留情〉裡，敦鳳買的「糖炒栗子」串起了三段情節，讓我們省思敦鳳的婚姻究竟是否美滿。

第一段是藉著糖炒栗子的熱氣，和米先生、敦鳳肩膀觸碰、遞吃栗子的互動，從米先生的視角看敦鳳，讓我們得知他對情感的態度：

敦鳳停下車子來買了一包糖炒栗子，打開皮包付錢，暫時把栗子交給米先生拿著。滾燙的紙口袋，在他的手裡熱得恍恍惚惚。隔著一層層衣服，他能夠覺到她的肩膀；隔著他大衣上的肩墊，她大衣上的肩墊，那是他現在的女人，溫柔、上等的，早兩年也是個美人。這一次他並沒有冒冒失失衝到婚姻裡去，卻是預先打聽好、計畫好的，晚年可以享一點清福豔福，抵補以往的不順心。可是……他微笑著把一袋栗子遞給她，她倒出兩顆剝來吃；映著黑油油的馬路，棕色的樹，她的臉是紅紅、板板的，眉眼都是浮面的，不打扮也像是描眉畫眼。

從敦鳳買栗子和夫妻彼此的對話中，透露的是他們在年齡上的差距和代溝。就結婚的動機來看，米先生是為了下半生可以「享一點清福豔福」，敦鳳則是為了終身有靠，夫妻倆以財、貌的需求交換，並非全然出自真心，浮現在米先生心中的「可是……」便道盡一切。

栗子雖然燙手，卻熱得「恍恍惚惚」，述說米先生內心的空虛，缺乏真心的婚姻，給人一種不踏實的感覺，這點，〈傾城之戀〉的范柳原倒有先見之明。相較之下，米先生與大房太太曾一起同甘共苦，患難見真情，雖然吵吵鬧鬧，反倒是那大半生的歲月，才真正觸動了他的心。

糖炒栗子第二次出現在小說時，帶出了敦鳳前段婚姻故事的蛛絲馬跡。敦鳳收起了栗子，裝栗子的報紙袋上印的電影廣告，勾起她回憶再嫁米先生以前經過的種種波折，也想起了前夫和婆家：

> 她把一袋栗子收到網袋裡去。紙口袋是報紙糊的。她想起前天不知從哪裡包了東西來的一張華北的報紙，上面有個電影廣告，影片名叫「一代婚潮」，她看了立刻想到她自己。她的結婚經過她告訴這人是這樣，告訴那人是那樣，現在她自己回想起來立時三刻也有點絞不清楚，只微笑嘆息……她一個做了癟三的小叔子還來敲詐，要去告訴米先生，她丈夫是害梅毒死的。當然是瞎說。不過仔細查考起來，她家的少爺門，哪一個沒有打過六零六。

「六零六」就是「灑爾佛散」（德語Salvarsan），是全世界第一種有效治療梅毒的有機砷化合物，敦鳳家的少爺們應該通通得過梅毒。

敦鳳想起敲詐她的前小叔子，害她與米先生的婚事差點受阻。她又想起前夫「疑似」害梅毒而死，但前夫年輕、迷人的模樣，「笑起來一雙眼睛不知有多壞」，也讓她留戀不已。所以，她總是輕視步入老年的米先生，覺得他不稱頭。光是電影廣告就能引起她的心事，可見留戀的程度。糖炒栗子，似乎成了米先生與敦鳳對從前情事「留情」的觸媒。

糖炒栗子第三次出現在小說中，則是將敦鳳的舅母楊老太太與敦鳳做了對照，透過「請吃栗子」的細節及對話，突顯她們個性的差異之處：

> 敦鳳從網袋裡取出幾顆栗子來，老太太在旁說道：「夠了，夠了。」米先生說：「老太太不吃麼？」敦鳳忙說：「舅母是零食一概不吃的，我記得。」米先生還要讓，楊老太太倒不好意思起來，說道：「別客氣了。我是真的不吃。」煙炕旁邊一張茶几上正有一包栗子殼，老太太順手便把一張報紙覆在上面遮沒了。敦鳳嘆道：「現在的栗子花生都是論顆買的了！」楊老太太道：「貴了還又不好；叫名糖炒栗子，大約炒的時候也沒有糖，所以今年的栗子特別地不甜。」敦鳳也沒聽出話中的漏洞。

楊老太太是久經歷練的老婦人，因為「楊家過去的開通的歷史」，她見過世面，深諳人情，心是雪亮的。敦鳳不懂老太太的退讓是客氣，直截的說老太太「不吃零食」，其實楊老太太方才就在吃栗子，只是為了不讓敦鳳出糗，用報紙悄悄遮住栗子殼。相對於老太太懂得應對進退，敦鳳則「一點心眼兒都沒有」，缺乏體貼與細膩，沒注意楊老太太的話中透露她其實吃過栗子了，兩人的性格就透過吃食的小細節，完整的呈現出來。

冷盤製造疏離感

在張愛玲的小說中，冷盤、冷食象徵的是人與人之間的疏離感，同時預告後面可能會出現壞事。

在〈第二爐香〉中，羅傑想到將要迎娶愫細，既興奮、又開心，忘記吃午餐了，岳母蜜秋兒太太就說：「我去弄點冷的給你吃。」隨後，愫細的姐姐靡麗笙哭著請羅傑「好好的當心愫細」，並哭訴她的前夫待她「比禽獸還不如」，讓羅傑相當不安。後來蜜秋兒太太將「冷牛肝和罐頭蘆筍湯」端進來了，羅傑說他們在談靡麗笙的丈夫，突然，「屋子裡彷彿一陣陰風颯颯吹過」，令人疑心靡麗笙的丈夫發生了什麼事？這個家有什麼祕密？讓人有不祥的預感。

又如在〈花凋〉中，章雲藩去川嫦家用餐、過節，本應是「月圓人團圓」的中秋佳節，卻在開飯前就遇上鄭先生、鄭夫人夫妻吵架，鄭夫人鬧脾氣不肯用餐，所以雲藩「只得在冷盆裡夾了些菜吃著」。後來鄭先生和鄭夫人吵吵鬧鬧、哭哭啼啼的，雲藩這頓飯吃得非常尷尬，雖然他全程都沒說什麼，但看到未來的岳家如此不堪，想必「冷」在心裡。冷盤、冷盆，對於環境氣氛的渲染、為下文設置伏筆，起著相當關鍵的作用。

抓核桃仁暗示爭奪

食物也是串聯情節、設置場景、寄託寓意的一種方式，比如〈金鎖記〉的故事開始不久，就設計了一幕「剝核桃」的場景，讓主要的人物一一出場。姜家的四個姑嫂圍坐著，不是在打麻將，而是剝核桃殼，從幾個女人閒聊的對話中，聽得出七巧低俗的言談及出身，而由小姑和大房、三房妯娌之間的對話，得知七巧在姜家很受輕視。

「核桃仁」猶如磁鐵般，將重要的人物聚集在同一個場景，讓人物有了互動和對話的機會，為下面的情節進行鋪陳。隨後三爺姜季澤到場，一坐下，就不客氣地抓了把核桃仁來吃：

季澤一聲兒不言語，拖過一把椅子，將椅背抵著桌面，把袍子高高的一撩，騎著椅子坐了下來，下巴擱在椅背上，手裡只管把核桃仁一個一個拈來吃。蘭仙睨了他一眼道：「人家剝了這一晌午，是專誠孝敬你的麼？」

季澤出場時的形象是：「水汪汪的黑眼睛裡永遠透著三分不耐煩。」藉著他吃核桃仁的小動作和坐姿，把季澤的少爺架子及「不耐煩」、沒定性的個性表露無遺，為後文預先做了伏筆。

七巧見到季澤來了，便想趕走蘭仙，製造與季澤獨處的機會，她故意惹惱蘭仙，蘭仙一分心就折斷了指甲，只好離開。七巧便趁著四下無人，流露對季澤的情意，但季澤「不惹自己家裡人」，加上「七巧的嘴這樣敞」，就趁著有人來，閃避離開了，臨走時還抓了把核桃仁：

彷彿有腳步聲，季澤一撩袍子，鑽到老太太屋子裡去了，臨走還抓了一大把核桃仁。七巧神志還不很清楚，直到有人推門，她方才醒了過來，只得將計就計，藏在門背後，見玳珍走了進來，她便夾腳跟出來，在玳珍背上打了一下。玳珍勉強一笑道：「你的興致越發好了！」又望了望桌上道：「咦？那麼些個核桃，吃得差不多了。再也沒有別人，準是三弟。」七巧倚著桌子，面向陽臺立著，只是不言語。玳珍坐了下來，嘟囔道：「害人家剝了一早上，便宜他享現成的！」七巧捏著一片鋒利的胡桃殼，在紅氈條上狠命刮著，左一刮，右一刮，看看那毡子起了毛，就要破了。她咬著牙道：「錢上頭何嘗不是一樣？一味的叫咱們省，省下來讓人家拿出去大把的花！我就不伏這口氣！」……

「核桃仁」象徵姜家的財產，季澤抓走核桃仁的動作，暗示日後分家時，財產已被他花光許多，各房分家便都吃了虧，後面七巧對玳珍說的話，更證實「核桃仁」的寓意。同時七巧這麼說，也是因為季澤「不領情」，惹她生氣，於是激出這番計較金錢的話。利用食物寄託寓意，剝、抓、吃核桃仁等舉動，正有前後呼應與對照的作用。

花生醬及兩種愛情觀

〈紅玫瑰與白玫瑰〉寫「王嬌蕊吃糖」，作用也與「姜季澤吃核桃仁」類似。故事敘述振保和弟弟去同學王士洪家拜訪，士洪的太太嬌蕊拿著一瓶「糖核桃」走進來，邊走邊吃，士洪便嘲弄她：「他們華僑，中國人的壞處也有，外國人的壞處也有。跟外國人學會了怕胖，這個不吃，那個不吃，動不動就吃瀉藥，糖還是捨不得不吃的。」

這裡先藉士洪之口，點出嬌蕊「愛吃糖」的習慣，雖然減肥需要節制飲食，但她還是要吃糖，可見對「糖」的熱切程度。糖象徵愛情，嬌蕊喜歡談情說愛的形象，便呼之欲出。接著嬌蕊對振保做出媚態：「嬌蕊拈一顆核桃仁放在上下牙之間，把小指點住了他，說道：『你別說——這話也有點道理的。』」舉手投足間，更說明她是個有誘惑力的女性。

另一幕「吃餅乾」，則是暗指嬌蕊不太在意她的情人們，根本是將男人當作甜點，感情態度也不太認真：「嬌蕊身子往前探著，聚精會神考慮著盤裡的什錦餅乾，挑來挑去沒有一塊中意的。」「什錦餅乾」就是比喻嬌蕊眾多的情人。

描寫「吃花生醬」則是一箭雙鵰，將嬌蕊和振保的愛情觀同時呈現出來，兩相對照：

嬌蕊放下茶杯，立起身，從碗櫥裡取出一罐子花生醬來，笑道：「我是個粗人，喜歡吃粗東西。」振保笑道：「哎呀，這東西最富於滋養料，最使人發胖的！」嬌蕊開了蓋子道：「我頂喜歡犯法。你不贊成犯法麼？」振保把手按住玻璃罐，道：「不。」嬌蕊躊躇半日，笑道：「這樣吧，你給我麵包上塌一點。你不會給我太多的。」振保見她做出那楚楚可憐的樣子，不禁笑了起來，果真為她的麵包上敷了花生醬。嬌蕊從茶杯口上凝視著他，抿著嘴一笑道：「你知道我為什麼支使你？要是我自己，也許一下子意志堅強起來，塌得極薄極薄。可是你，我知道你不好意思給我塌得太少的！」

嬌蕊想減肥，正在節制飲食，吃花生醬就犯了法，但她又喜歡「犯法」，有冒險性格，吃要痛快的吃，愛也要盡情的愛，出軌對她來說是家常便飯，一旦愛上振保就會全然投入，就算離婚也在所不惜。

但振保害怕「犯法」，雖然「禁不起她這樣的稚氣的嬌媚，振保漸漸軟化了」，陷入這「犯罪」的關係，但是最後反悔的也是他。從抹花生醬可知道，嬌蕊有意志堅強的時候，敢愛敢恨，振保就禁不起誘惑，情志也不堅定，兩人處理情感的差異，透過抹花生醬的小動作就突顯出來了。

喜蛋捎來壞消息

有時，食物的象徵意義會與它原來的相反，有強化寓意的作用。在〈第二爐香〉裡，校長巴克先生捎來壞消息，告訴羅傑說愫細和蜜秋兒太太已經拜訪許多香港社交圈人士，將他形容成色情狂，此事有損校譽，暗示羅傑應該辭職。但是巴克校長的形象卻被描述成「喜蛋」：

> 巴克背著手，面向著外，站在窗前。他是個細高個子，背有些駝，鬢邊還留著兩撮子雪白的頭髮，頭頂正中卻只餘下光溜溜的鮮紅的腦勺子，像一隻喜蛋。

一般人家裡添丁，都要向親友報喜訊，有的分送喜麵，有的則分送煮熟染紅的雞蛋，也就是「喜蛋」、「紅蛋」。羅傑新婚燕爾，原本應該如一般夫妻繾綣甜蜜、喜悅幸福地度過，接著等待新生命的誕生，盼望派送「喜蛋」、「紅蛋」與親友分享，然而愫細根本無法接受夫妻間的親密關係，遑論懷孕迎接新生，所以這腦袋長得像「喜蛋」的巴克校長，不是來賀喜的，而是報「噩耗」，對羅傑的遭遇實在是一種諷刺。

冷切牛舌與「敢怒不敢言」

當小說中的主角在威權之下「敢怒不敢言」時，那個代表威權的人突然吃起「冷切牛舌」，會不會十分應景？在〈第一爐香〉就有這麼一幕。

梁太太宴請唱詩班的「少年英俊」，在宴會中，梁太太正好跟薇龍同時看上了盧兆麟，梁太太自然立刻掠奪過去。後來她與薇龍一同用餐，「獵物」被奪的薇龍對自己說：「你這是怎麼了？你有生氣的理由，怎麼一點兒不生氣？古時候的人『敢怒不敢言』，你連怒都不敢了麼？」

這時，梁太太正在切「牛舌頭」來吃，而且「只管對著那牛舌頭微笑」，跟薇龍有了喬琪喬所以不生氣的理由一樣，因為她有了盧兆麟。薇龍想：「女人真是可憐！男人給了她幾分好顏色看，就歡喜得這個樣子！」但薇龍沒想到，她嘲笑梁太太，自己卻也一樣，這一頓飯，突顯了兩個女人渴望被愛的心情。愛情，讓人的心都飛揚了起來。

吃鴨子喻丈夫出軌

〈琉璃瓦〉中的「鴨子」這道菜，也帶有某種隱喻。故事敘述在印刷所工作的姚先生，為女兒靜靜找了一個夫婿，對方就是印刷所大股東的兒子。婚後回娘家那天，姚先生、姚太太宴請新人，姚太太請女婿吃鴨子：

在筵席上，姚太太忙著敬菜，靜靜道：「媽，別管他了。他脾氣古怪得很，魚翅他不愛吃。」姚太太道：「那麼這鴨子……」靜靜道：「鴨子，紅燒的他倒無所謂。」……

鴨子在繁殖期時，會成雙成對生活在一起，當牠們失去配偶，會哀慟萬分，所以在中國的文化中，歷來將「鴨子」作為丈夫忠誠的象徵。但張愛玲刻意將原本的象徵意義，轉為相反的意思，靜靜的丈夫願意吃紅燒鴨子，預示他將來會出軌，果然後來靜靜對父親哭訴：「啟奎外頭有了人，成天不回來……」這「鴨子」，是一種意在言外的諷刺。

旗袍也蘊含了象徵意義，在〈心經〉中，段綾卿穿的旗袍是「櫻桃紅鴨皮旗袍」，在故事的最後，她即將與已婚的許豐儀同居，許豐儀也是個不忠誠的丈夫。而在〈花凋〉中，鄭太太氣丈夫娶姨太太，看見姨太太生的幼子就生氣，全家吃中秋節的團圓飯時，就不准這孩子同桌用餐。鄭先生氣得摔碗，鬧了一場，「鴨子」這道菜又出現了：

> 送上碗筷來，鄭夫人把飯碗接過來，夾了點菜放在上面，道：「拿到廚房裡吃去罷，我見了就生氣。下流胚子——你在捧著他，脫不了還是個下流胚子。」奶媽把孩子抱到廚下，恰巧遇著鄭先生從後門進來，見這情形，不由得沖沖大怒，劈手搶過碗，嘩浪浪摔得粉碎。……一時撤下魚翅，換上一味神仙鴨子。

鄭夫人罵姨太太的孩子是「下流胚子」，可見對鄭先生的出軌十分痛心。「紅燒鴨子」、「櫻桃紅鴨皮旗袍」、「神仙鴨子」的出現，伴隨著三個出軌的丈夫，在張愛玲的小說裡，是丈夫對妻子不忠誠的象徵。

作家余斌在《張愛玲傳》中說道：「張愛玲的高明處在於，在她製造的隱喻中，暗示者與暗示對象彼此互相滲透、貫通，高度合一，暗示者不僅是表現手段，它本身就構成表現目的的一部分，因而具有審美的自足性，即使你閱讀過程中忽略了意象後面暗含的象徵意味，終篇之際，你也照樣可以獲得足夠的審美享受。」創造意象能兼顧美感，正是張愛玲小說的一大特色，張愛玲選擇的象徵物，無不蘊藏了深邃的文化內涵。

余斌又說：「然而，如果你發現了意象背後作者更深一層的用意，你將對整個故事的內涵有更多的體驗，而審美趣味也能得到更大的滿足，這不能不歸因於作者手法的嫻熟——每一個隱喻都是那樣天然渾成，毫無雕琢痕跡。」比如「紅燒鴨子」之類的象徵，剛開始閱讀極容易忽略，只當作普通的菜名，直到熟悉張愛玲的小說，理解人物關係，方能找出象徵的意義，每一次閱讀，都讓人有挖到寶藏的樂趣。

張愛玲小說中的食物書寫，超越了傳統上對酸、甜、苦、辣等追求感官滋味的形容與描繪，她企圖追尋事物底下更深層的內在意蘊，因而將食物賦予象徵意義，使眾多的食物意象，成為小說內容與人物塑造的重要成分，小說裡的食物形式多樣、內容豐富，表現手法高超，展現她對食物的鑽研相當的純熟，顯示深湛的藝術造詣。

12
同桌用餐映照出人性

——寶灩常常應時按景給他們帶點什麼來，火腿，西瓜，代乳粉，小孩的絨線衫，……她給他們帶來的只有甜蜜，溫暖，激勵，一個美女子的好心。（〈殷寶灩送花樓會〉）

飲食活動原本就是一種社交行為，當人們聚集在一處共食，觥籌交錯中，就能促進人際關係親密、友好的氣氛，因而飲食場面的書寫也受到小說家的重視。關於人類飲食活動所蘊含的社交功能，法國的政治家及美食鑑賞家布立雅沙瓦雷（Brillat-Savarin）曾說：「各種社交意義都可在同一張餐桌旁發生：愛、友誼、商務、投機、權力、請求、庇護、野心、陰謀……種種情感、象徵或宗教上有分量的大事，常靠食物來結合。」

人們在餐桌上除了單純吃飯，也經常帶有特殊目的，所以書寫小說人物同桌用餐的飲食場面，就成為張愛玲寫小說時用心經營之處。透過人物相聚用餐的時刻，表現彼此之間的愛與恨、自私與無奈等複雜的關係和情感，也可以作為一種象徵，表達更深刻的意涵。

〈色戒〉中的「請客」

飲食場面在張愛玲的小說裡，往往具有特殊的含意。張愛玲經常有意地透過人物的吃食、請客等活動，將飲食場面賦予意義，產生刻畫人物性格、推動情節發展、展示人物命運變遷的作用，使小說的主旨更為彰顯。

比如在〈色戒〉，說到「請客」，就代表有祕密事件發生，或是有人即將步入刑場。故事開頭是易太太與一群麻將搭子閒話，桌上擺出方城之戰，不久，王佳芝想離開與易先生幽會，就藉口下次請客，結果當天刺殺易先生的行動失敗，王佳芝被槍斃。到了結尾，易先生逃過一劫回到家，幾個打麻將的女人起鬨要他請客，一句：「不吃辣的怎麼胡得出辣子？」除了是俏皮話，回顧易先生下令槍斃刺客的「辣手」，也頗耐人尋味。

而在張愛玲的打字原稿中，〈色戒〉的原名便是〈Ch'ing K'e！Ch'ing K'e！〉，即〈請客！請客！〉。像這樣經過藝術加工，一般生活中常見的請客、吃飯，都可以成為小說的素材，有了不平凡的意義。

《秧歌》，吃出人性的自私

長篇小說《秧歌》的主題，就如胡適的評語：「這本小說，從頭到尾，寫的是『飢餓』。」《秧歌》描述中國土地改革後的農村社會景況，內容圍繞著農民的「飢餓」問題，展開了富於個性的描寫。

小說中出現的食物不是山珍海味，只有稀粥、鹹菜、芝麻糖、小麻餅、杏仁酥、金根兄妹小時候吃的豆子、米粉糰子和油煎螞蚱，比較好的食物，是小鎮唯一的飯館子外吊著的白菜、火腿、鮮肉、豆腐皮、魚肚等等。

飢餓，在《秧歌》中不只是民生問題，更是考驗人性的難題，從小說的飲食場面中，總能揭露人物因飢餓而引發人性的自私面。在故事開頭，敘述金根全家遠赴妹妹金花的結婚宴，喜宴聚焦在譚老大身上，描述吃喜酒的狀況。一開始，譚老大是矜持、客氣的撿飯粒來吃：

> 譚老大矜持地低著頭捧著飯碗，假裝出吃飯的樣子，時而用筷子揀兩粒米送到口裡。

但到後來，譚老大就只顧著吃白飯了：

作為喜筵來看，今天的菜很差，連一樣大葷都沒有。但是新郎的母親是一個殷勤的主婦，這一桌轉到那一桌，招待得十分周到。雖然她年紀大，腳又小，動作卻非常俐落。她注意到譚老大只吃白飯，她連忙飛到他身邊，像一隻大而黑的，略有點蝙蝠型的蝴蝶。「沒有什麼東西給你吃，飯總要吃飽的！」她一個冷不防，把他面前的一碗冬筍炒肉絲拿起來向他碗裡一倒，半碗炒肉絲全都倒到他飯碗裡去了。他急起來了，氣吼吼站了起來，要大家評理，大聲嚷著：「這叫我怎麼吃？——連飯都看不見了嘿！叫我怎麼吃？」但是他終於安靜了下來，坐下來委委屈屈地，耐心地用筷子挖掘炒肉絲下面埋著的飯。

「蝙蝠」在西方有邪惡之類的負面意涵，仔細觀察新郎母親的舉動，她將半碗炒肉絲全倒進譚老大的碗裡，看似熱情款待，其實是不想讓他吃太多飯，以致譚老大「氣吼吼的站了起來」。她的舉動，或許是因為饑荒時白米欠缺之故，即使她想，也無法真心款待。鬧饑荒最缺的就是「米」，固然也缺肉，但是在烹調時，肉絲有配料以減省份量，白米則更容易消耗，因此女主人見客人「只吃白飯」，便不得不出手阻擋。

另一個飲食場面，寫的是從城裡來的幹部顧岡，寄住在農民月香的家裡，因為忍受不了鄉下貧瘠的飢餓生活，時常到鎮上偷買食物，回來以後就躲在房間偷吃，結果他的行為被月香發現了，顧岡感到心虛與罪惡，就將剩下的茶葉蛋拿出來與月香全家分享：

吃晚飯的時候，顧岡把剩下來的兩隻茶葉蛋拿到飯桌上來，要切開來大家分著吃。他很窘地解釋著，說這是他那天到鎮上去的時候買的，帶回來就擱在那裡，一直忘了拿出來吃。這樣幾句簡單的台詞，他竟說得非常的糟，自己覺得很著惱。他們的態度也不大好。反正只要是與食物有關的事，他們已經無法用自然的態度來應付它了。食物簡直變成了一樣穢褻的東西，引起他們大家最低卑最野蠻的本能。月香勉強笑著，臉色非常難看，再三推讓著，叫他留著自己吃。金根抓著他兩隻手臂，拚命推開他的手。但是最後因為禮貌關係，他們不得不接受下來。那一天的晚飯吃得非常不愉快。

對食物的飢渴，引發人們「最低卑最野蠻的本能」，但成年人總會想盡辦法掩飾。顧岡拿出食物來分享，月香、金根的推讓，這些極不自然的遮遮掩掩，使這頓晚餐吃得很不愉快，因為彼此都看得出對方的心虛，也意識到自己對來自食物的誘惑，已幾乎失去抵抗力。

換成月香的小女兒阿招，就毫無掩飾的表現對食物的渴望，她在母親的身上擦來擦去，低聲嘟囔，或是扯母親的袖子，表示自己餓了。孩子反映的是成人內心的真實，如果沒有那層

「禮貌」的偽裝，顧岡、月香、金根真實的態度又會如何？頗令人玩味。

又如，金根在太太月香結束城市的工作返回家裡後，就希望能煮一頓乾乾的白飯，給多年不曾相聚的太太吃，但月香在舀米時仍捨不得多拿，「結果折衷地煮了一鍋稀粥」，這讓金根很沮喪。後來金花聽說月香從城裡回來，就遠赴金根的家，打算向月香借貸。但金根無力接濟妹妹，便想請妹妹吃一頓飽飯，要求月香把飯煮得硬一點，「我要那米一顆顆的數得出來」，但月香仍煮了稀粥待客：

到了吃午飯的時候了。他們吃的仍舊是每天吃的那種薄粥，薄得發青；繩子似的野菜切成一段段，在裡面飄浮著。金根非常憤怒，喉嚨裡簡直嚥不下去。

金根面對稀粥感到異常憤怒，他氣的是自己無法給妻女和妹妹吃一頓「乾乾的米飯」。月香煮薄粥，是為了讓金花明白婆家的困境，擔心她開口借貸，這樣的自私是不得已的；金根自然也明白在饑荒時，待妹妹好，就是虧待自己的妻小，所以他無法再逼著月香煮乾飯，只能生氣而已。

《秧歌》裡的幾頓吃飯，除了突顯農民飢餓的困境，也突出「自私」的主題。張愛玲了解人性是自私的，親情中也難以免除自私的本質，而這自私有出於貪婪的，也有迫於現實不得已的，她藉著小說告訴我們：分享的美德在飢餓的現實下，可能不堪一擊，現實的利害衝突，可能擊垮兄妹之愛（金根與金花）、鄰人朋友之愛，也可能擊垮男女之情（顧岡對月香的愛慕），只因為吃與生存的關係太過密切。在張愛玲的小說裡，人性的自私就透過一場又一場的飲食場面，被赤裸裸的揭露出來了。

〈金鎖記〉，曹七巧毒設鴻門宴

餐桌有時是另一種戰場，自從《史記・項羽本紀》記載項羽宴請劉邦的鴻門宴起，「鴻門宴」三個字就用來比喻「不懷好意的筵席」。〈金鎖記〉裡的一場鴻門宴，則是曹七巧宴請童世舫。七巧唯恐女兒長安與世舫走得太近，以致世舫可能從長安身上「騙走」家產，於是她背著長安下帖子，請世舫到家中吃飯，想斷絕他們的往來，世舫立刻就猜到她的用意：

> 世舫猜著姜家許是要警告他一聲，不准他和他們小姐藕斷絲連，可是他同長白在那陰森高敞的餐室裡吃了兩盅酒，說了一會話，天氣、時局、風土人情，並沒有一個字沾到長安身上。冷盤撤了下去，長白突然手按著桌子站了起來。

請客的地方，是在一間「陰森高敞的餐室」，第一道菜餚是「冷盤」，預示令人心寒的事將要發生。冷盤撤下後，世舫回過頭去，就見到有如瘋人般的七巧，她「背著光」，站在延伸進黑暗裡的樓梯上，世舫感到「毛骨悚然」，心裡受到震撼。冷盤、餐室、七巧，三者形成一片「冷」的氛圍，小說立時瀰漫森森的寒意。果然在用餐時，七巧開始進行她的毒計，有意無意地向世舫透露長安有抽鴉片的習慣，她說：

「她再抽兩筒就下來了。……這孩子就苦在先天不足，下地就得給她噴烟。後來也是為了病，抽上了這東西。小姐家，夠多不方便哪！也不是沒戒過，身子又嬌，又是由著性兒慣了的，說丟，那兒丟得掉呢！戒戒抽抽，這也有十年了。」

這番話讓世舫「不由得變了臉色」，這時長安現身在樓梯上，悄悄的走下來，又悄悄的上樓了，宛如女鬼，「玄色花繡鞋與白絲襪停留在日色昏黃的樓梯上」，她「一級一級，走進沒有光的所在」，字裡行間瀰漫陰森的鬼氣。七巧達到目的就離開餐室，這時新菜上桌了：「傭人端上一品鍋來，又換上了新燙的竹葉青。」「竹葉青」是茶葉，「竹葉青酒」是加了十餘種名貴藥材加工釀成的酒；「竹葉青蛇」則是一種毒蛇，試將「竹葉青蛇」與七巧聯想在一起，頗有「心如蛇蠍」、「最毒婦人心」的意味。

接著小廝告訴世舫：「娟姑娘要生了。」世舫才知道長白有姨太太，也才明白這個家是如此守舊、落後。酒酣耳熱之後，世舫並不覺得飽暖，只感到「異常的委頓」，就在炕上躺了下來，這時「冷」的意象又出現了：

> 捲著雲頭的花梨炕，冰涼的黃藤心子，柚子的寒香……姨奶奶添了孩子了。這就是他所懷念著的古中國……他的幽嫻貞靜的中國閨秀是抽鴉片的！他坐了起來，雙手托著頭，感到了難堪的落寞。

世舫是從國外留學回來的，這一切都衝擊著他的心。「花梨炕」是明清時代流行的家具，躺上去是冷的，「黃藤心子」、「柚子」透出來的也是冰涼與寒香，這三者構成了「冷」的意象，世舫的心也冷到了極處，不但對長安心寒，也對中國感到澈底的失望，終於與長安分手。

〈金鎖記〉的這場飲宴，藉著菜餚之「冷」，營造環境的氛圍，突出了人物的心境，讓我們見到七巧的工於心計，也透過世舫的視角看七巧的家庭，代表的正是中國最守舊、落後和陰暗的一部分。

〈殷寶灩送花樓會〉，自戀與虛偽的呈現

〈殷寶灩送花樓會〉是關於「自戀」和「虛偽」的故事。殷寶灩是學校有名的校花，熱愛唱歌、演戲，愛上留美回國任教的羅潛之教授。某天，寶灩將自己與羅潛之戀愛的經過告訴張愛玲，要求她寫出來；張愛玲卻將寶灩寫成一個自戀和虛偽的人，讓她非常生氣。在小說中，張愛玲透過三次飲食場面，不著痕跡地向我們透露殷寶灩性格的陰暗面。

故事敘述，寶灩常在晚上到羅潛之家補習，每次到羅家總會帶些食物來，漸漸的，從每天晚飯後來，變成與羅家人共進晚餐。分享食物是美好的行為，代表了和平與親善，人們時常與家人共餐，分食食物便意味著接納外人成為家庭成員，寶灩看似成為羅家的一份子。除了食物，寶灩還常常送羅家日常生活用品，但羅太太對寶灩的出現深感不安，常用監視的眼光看她，每次寶灩離開，羅潛之夫婦就會吵得更兇：

> 寶灩常常應時按景給他們帶點什麼來，火腿，西瓜，代乳粉，小孩的絨線衫，她自己家裡包用的裁縫，然而她從來不使他們感覺到被救濟。她給他們帶來的只有甜蜜，溫暖，激勵，一個美女子的好心。然而潛之夫婦兩個時常吵架，潛之脾氣暴躁，甚至要打人。

這段敘述表面上讚美殷寶灩，實際上「一個美女子的好心」卻蘊含諷刺之意。張愛玲善用曲筆，暗諷殷寶灩的偽善。其實寶灩是刻意在羅潛之夫妻面前表現她美好的一面，有意與羅太太比較，突顯羅太太的不足，激起羅潛之對妻子的嫌惡，讓他們夫妻吵架，這也是她心虛的表現。

小說中第一場重要的晚餐，是在六年後，這次寶灩帶來的是螃蟹，還親自下廚幫忙做菜，一副賢慧的模樣。他們在晚餐後又喝了酒和薑湯，兩者都是刺激性的飲料和佐料。晚飯後，羅潛之趁著酒意的催動吻了寶灩：

> 晚飯的時候他喝了酒，吃了螃蟹之後又喝了薑湯。單她跟他一起，他突然湊近前來，發出桂花糖的氣味。她雖沒喝酒，也有點醉了，變得很小，很服從。她在他的兩隻手裡縮得沒有了，雙肩並在一起。他抓住她的肩的兩隻手彷彿也合攏在一起了。他吻了她——只一下子工夫。冰涼的眼鏡片壓在她臉上，她心裡非常清楚，這清楚使她感到羞恥。耳朵裡只聽見「轟！轟！轟！」酒醉的大聲，同時又是靜悄悄的……

酒讓羅潛之和寶灩拉近了距離，「桂花糖」的氣味更引動兩人的情意，製造情欲氣氛，他們失去了理性。張愛玲把酒的催情作用，作了深刻而具象的呈現，「酒不醉人，人自醉」的氣韻逸乎書表。她將味覺、嗅覺、觸覺、聽覺等感官感受交織在一起，這頓晚餐頓時散發熾熱的愛欲，是食、色的完美結合。後來他們便陷溺下去了，羅潛之「天天同太太鬧，孩子們也遭殃」，婚姻幾近毀滅。

在後來的晚餐中，羅太太對寶灩的態度忽然有了變化：

寶灩加倍地撫慰他們，帶來了餛飩皮和她家特製的薺菜拌肉餡子，去廚房裡忙出忙進。羅太太疑心她，而又被她的一種小姐的尊貴所懾服。後來想必是下了結論，並沒有錯疑，因為寶灩覺得她的態度漸漸強硬起來，也不大哭了。

與之前的哭鬧不同，羅太太的「強硬」必有原因，果然不久之後，發生羅潛之夫妻打架的事件。寶灩前去調解，才發現羅太太已經懷孕三個月了，或許這就是她的態度轉為強硬的原因，有了孩子就有了保障，離婚就沒那麼容易，於是寶灩憤而與羅潛之分手。同桌用餐的場面在〈殷寶灩送花樓會〉中，著實扮演推展情節、傳達作者創作意圖的關鍵。

飲食場面充分突顯殷寶灩殷勤送食物、到羅家做菜，都是一種虛偽心計，由這些行為透露她的自戀性格，道出這些行為的背後，並非真正出於「好心」，而是故意炫耀，對羅潛之造成誘惑。當寶灩發現羅潛之在他們交往後，仍持續夫妻間的親密關係，便嚴重傷害到她的自尊心，憤怒不已。

張愛玲點出這樣的愛並非真心，她引述殷寶灩的話：「到現在，他吃飯的時候還要把我的一副碗筷擺在桌上，只當我在那裡，而且總歸要燒兩樣我喜歡吃的菜。」殷寶灩同情的語氣中，實蘊含著洋洋自得，顯然認為羅潛之失去了她，便得蒙受情感巨大的損失。張愛玲以冷靜的筆墨，完整的呈現了殷寶灩真實的性格。

「食物」和「飲食」在張愛玲的小說中，蘊含了許多象徵意義，舉凡食物的色澤、冷暖、味道、價格、文化上的意義、同桌用餐的場面等等，都可以成為一種意象，運用的手法不限，取材也不限，她的筆下實為一方自由的世界，構思廣大而且變化無窮。

而小說裡的食事，不論大小事都與情節渾然一體，眾多情節的來龍去脈，都與飲食之事交織演進；其書寫並非著墨在描摹食物的滋味，而是與人物的衣、食等日常生活細節結合起來，映現人物真實的內心世界，展示生活的各種樣貌，以寄託更深的寓意。經過張愛玲巧妙的藝術提煉，小說中的食物，就成了盈美的佐料，烹調出極具創意而精緻的文學饗宴。

第二卷

聲音

對於色彩，音符，字眼，我極為敏感。當我彈奏鋼琴時，我想像那八個音符有不同的個性，穿戴了鮮豔的衣帽攜手舞蹈。

——張愛玲〈天才夢〉

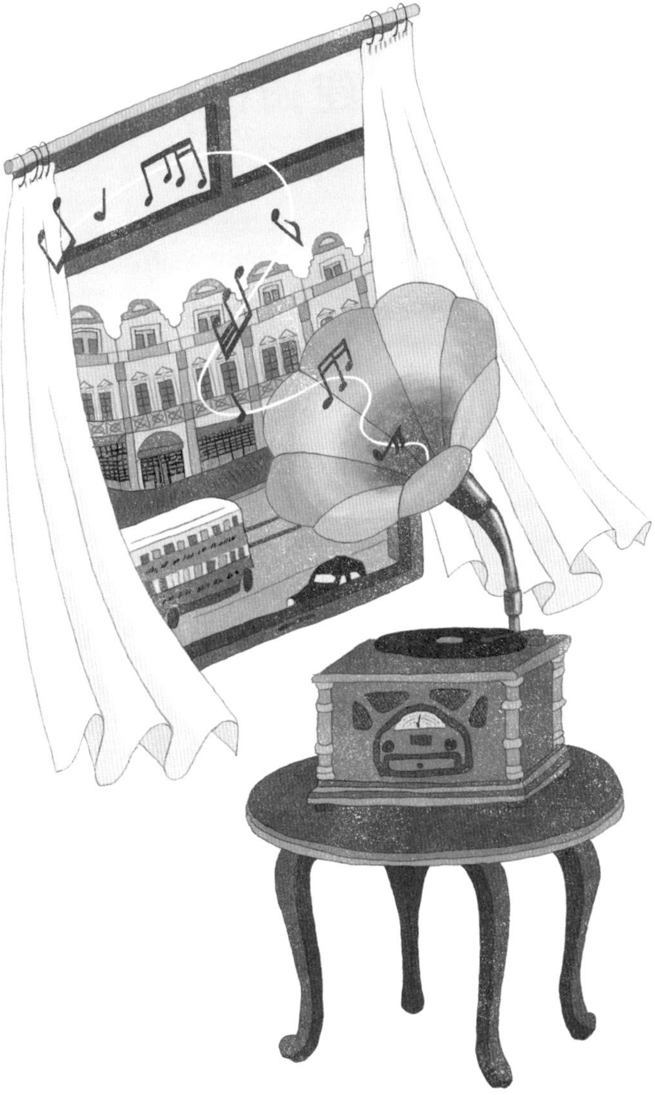

01 構建獨特的有聲世界

——惟其因為音樂是悲傷的，音樂在她的小說所創造的世界裡佔著很重要的地位。（夏志清《中國現代小說史》）

我們的語言和音樂，都是透過聽覺來傳遞，聽覺也是我們與外界溝通的橋樑。在現實中，我們透過聲音表達自己的意見；作家們則在作品裡，用豐富的技巧，將各種聲音轉化為可讀的文字。不論是單純的噪音、樂曲旋律，或是人們的話語聲、歌聲，在創作者的眼中，都是富有魅力與藝術美感的。透過對這些聲音的捕捉與模擬、創造，故事羅織的細節於是能更貼近日常生活，進一步引發我們的共鳴。

對聲音的想像與素養

張愛玲無疑是書寫聲音的佼佼者，夏志清先生曾在《中國現代小說史》中評論：「音樂通常都帶一點悲傷意味，張愛玲說她因此對音樂不怎麼喜歡。可是惟其因為音樂是悲傷的，音樂在她的小說所創造的世界裡佔著很重要的地位。」張愛玲將她得自生活的感受注入文字，藉由刻畫聲音來營造畫面、傳達人物的情感與思想，反映作家的美學風格。

正因為張愛玲擁有過人的感受力，對事物的體認異常敏銳，才造就了瑰麗多彩的文學世界。她曾在散文〈天才夢〉中自述：

> 對於色彩，音符，字眼，我極為敏感。當我彈奏鋼琴時，我想像那八個音符有不同的個性，穿戴了鮮豔的衣帽攜手舞蹈。我學寫文章，愛用色彩濃厚、音韻鏗鏘的字眼，如「珠灰」、「黃昏」、「婉妙」、「splendour」、「melancholy」，因此常犯了堆砌的毛病。

外界的色彩、聲音，刺激著張愛玲的感官，引出種種奇妙的想像，當它們被轉化為含意深刻的意象，就成為小說人物心理投射的明證。

追溯到張愛玲的童年時期，她曾接受彈奏鋼琴的訓練，雖然音樂沒有成為終身的志業，卻培養出她對音樂和聲音的敏感度、對聲音的音質和音樂的瞭解。所以運用聲音的特質創造意象，透過豐富的表現手法，使書寫充滿藝術張力，就成了張愛玲小說的一大特色。

生活是靈感的來源

生活是張愛玲創作時主要的靈感來源，自傳小說《雷峰塔》裡的女主角琵琶，就是她的化身，寫的也是她的生活風景。故事中，琵琶和傭人聊天、聽故事、玩遊戲時所製造的聲音，都是張愛玲對童年的印象：

王發取錯了牌，咒罵自己的手背運。花匠也進來了，坐在吱嘎響的小床上，一陣長長的咳聲，從喉嚨深處著實咳出一口痰來，埋怨著天氣熱。一局打完了，牌子推倒重洗，七八隻手在攪。廚子老吳悻悻然罵著手氣轉背了。花匠布鞋穿一半，拖著腳過來看桌上一副還沒動的牌。每個人都是甕聲甕氣的，倒不是吵架。琵琶頂愛背後的這些聲響，有一種深深的無聊與忿恨，像是從一個更冷更辛苦的世界吹來的風，能提振精神，和樓上的世界兩樣。

樓下是一般市民生活的景象，與樓上的父親那滿清遺少、頹廢的貴族生活方式，大相逕庭。傭人的聲音裡充滿了喜、怒、哀、樂，都是真實的生活面貌，也是張愛玲追求的現實人生；時常貼近這些人與聲音，從聽覺中得到人生的啟示，為她的創作奠下了基礎。

張愛玲在小說中建構了獨特的「有聲世界」，同時也認為，雖然一切的音樂都是悲哀的，但是人性中的光明面仍然存在。她在散文〈燼餘錄〉中寫道：「在那不可解的喧囂中偶然也有清澄的，使人心酸眼亮的一剎那，聽得出音樂的調子，但立刻又被重重黑暗擁上來，淹沒了那點了解。」

張愛玲相信，人性的普遍陰暗，導致了人與人的隔膜，但其中仍存在一點微光，這使人性惡的層面裡埋藏了善的種子。她珍惜這點喜悅，在她的小說中，那喜悅就透過這些真實而簡單的俗世聲音表現出來。

02

日常的人聲與市聲

——我喜歡聽市聲。比我較有詩意的人在枕上聽松濤，聽海嘯，我是非得聽見電車響才睡得著覺的。（〈公寓生活記趣〉）

張愛玲的小說中充滿對生活的體會，她用一顆聰慧敏銳的心，玩味人性中的種種陰暗面，從中發掘人性與生活裡的喜怒哀樂，也發掘許多蒼涼、頹靡與瑣碎細節的人、事、物，成功的將它們寫成了故事。

「愛俗」的愛玲

王安憶在〈世俗的張愛玲〉一文評張愛玲的散文說：「我在其中看見的，是一個世俗的張愛玲。她對日常生活，並且是現實日常生活的細節，懷著一股熱切的喜好。」賈平凹在〈讀張愛玲〉一文也說：「張是一個俗女人的心性和口氣，嘟嘟嘟地嘮叨不已，又風趣，又刻薄，要離開又想聽，是會說是非的女狐子。」

張愛玲樂於做個自食其力的小市民，從不諱言自己重視物質，享受自給自足的快樂，也充分享受得自感官的喜悅。她細膩的觀察那些來自家庭、街道的各種聲音，轉化為各種意象，使得筆下的「聲音」也能傳遞真實的人生，體現市民生活的趣味，也體現她「愛俗」的寫作喜好。

人聲，呼應銀娣的人生

張愛玲習慣用心傾聽週遭的聲音，這是她創作的元素；她尤其喜愛聆聽人聲與市聲，那些孩子的喧鬧聲、小販的叫賣聲、車聲，總能刺激她的想像。她在散文〈公寓生活記趣〉中說：

> 我喜歡聽市聲。比我較有詩意的人在枕上聽松濤，聽海嘯，我是非得聽見電車響才睡得著覺的。在香港山上，只有冬季裡，北風徹夜吹著常青樹，還有一點電車的韻味。長年住在鬧市裡的人大約非得出了城之後才知道他離不了一些什麼。城裡人的思想，背景是條紋布的幔子，淡淡的白條子便是行馳著的電車——平行的，勻淨的，聲響的河流，汩汩流入下意識裡去。

在戲劇中，聲音往往被當作背景或特效，但張愛玲卻將聲音變成主角，由它們來說故事。她會讓小說人物聆聽人聲，讓人聲告訴我們人物的心聲，這些聽市聲、聽人聲的片段，可以呈現人物當下的心境狀態。比如在《怨女》中，寫銀娣在窗下聽聲音，分別出現在她婚前、婚後坐月子時與喪夫之後的三段場景，這些描寫極為精彩，各自有象徵意義。

銀娣出身貧賤，是上海一間小麻油店的「麻油西施」，一心想往上爬。她原本中意的是中藥店的夥計小劉，但後來認為他沒有多大出息，就選擇嫁入富裕的姚家，嫁給瞎了眼、又有哮喘病的二爺。決定終身大事的當晚，銀娣徹夜難眠，張愛玲用了較多的筆墨，以人聲反映銀娣的感受：

鄰居嬰兒的哭聲，咳嗽吐痰聲，踏扁了鞋跟當作拖鞋，在地板上擦來擦去，擦掉那口痰，這些夜間熟悉的聲浪都已經退得很遠，聽上去已經渺茫了，如同隔世。沒有錢的苦處她受夠了。無論什麼小事都使人為難，記恨。自從她母親死後她就嘗到這種滋味，父親死的時候她還小，也還沒娶嫂子。可惜母親不在了，沒看到這一天。

老房子牆壁薄，鄰居的聲音聽得清清楚楚的，吐痰、用鞋子在地上擦痰的聲音，說明居民的素質，銀娣受夠了貧窮的生活，那句「沒有錢的苦處她受夠了」道盡了一切。此刻她決心嫁入豪門，這些熟悉的、象徵貧窮的聲音漸漸離去，也讓我們對她做出嫁給姚二爺的決定，不感到意外。

人聲的「渺茫」，象徵銀娣將進入完全不同的生活環境，貧窮將「如同隔世」。但這個決定並不容易，她睡得很不安穩：

> 她翻來覆去，草蓆子整夜沙沙作聲，床板格格響著。她不知道什麼時候睡著了，一會兒又被黎明的糞車吵醒。遠遠地拖拉著大車來了，木輪轔轔在石子路上輾過，清冷的聲音，聽得出天亮時候的涼氣，上下一色都是潮濕新鮮的灰色。時而有個伕子發聲喊，叫醒大家出來倒馬桶，是個野蠻的吠聲，有音無字，在朦朧中聽著特別震耳。彷彿全世界只剩下他一個人，所以也忘了怎麼說話。雖然滿目荒涼，什麼都是他的，大喊一聲，也有一種狂喜。

銀娣的丈夫「永遠不會看見她」，她想像他的模樣：「已經一個人死了大半個，身上僵冷，一張臉塌下去失了形，珠子滾到黑暗的角落裡。」這樣的丈夫怎不令她害怕？窗外「清冷」的車聲和伕子「野蠻的吠聲」，全都「震耳」到令人心驚，正呼應了她的心境。

但在這樣的情況下，銀娣對豪門的生活也有著興奮和期待，是以心頭雖然感到「荒涼」，卻仍有「狂喜」，交織成複雜的心情。

市聲，聽出新生的喜悅

市聲是來自環境的聲音，多半是街頭或市場的喧鬧聲，聽市聲可以直接認識市民生活。在戲劇中，市聲通常只是背景，但是高明的寫作者會將市聲賦予象徵意義，讓它在說故事的角色中佔有一席之地。

故事說到銀娣終於為姚家生下了一個兒子，在她坐月子時，也常聆聽窗外的市聲，聲音象徵她對目前生活的滿足感：

> 她有一種愉快的無名氏的感覺，她不過是這家人家一個坐月子的女人。陽光中傳來包車腳踏的鈴聲，馬蹄得得聲，一個男人高朗的喉嚨唱著，「買……汰衣裳板！」一隻撥啷鼓懶洋洋搖著，「得輪敦敦。得輪敦敦。」推著玻璃櫃小車賣胭脂花粉、頭繩、絲線，蚪曲的粗絲線像發光的捲髮，編成湖色鬆辮子。「得輪敦敦——」用撥啷鼓召集女顧客，把女人當小孩。

「撥啷鼓」是孩子的玩具，象徵的是「小孩」，新生命的誕生讓銀娣充滿了希望。銀娣並不幸福，長年臥病的丈夫不能滿足她，婆婆、姑嫂、傭人對她投以歧視的眼光，直到有了兒子，免除傳宗接代的壓力，也提升與確立她的地位，加上坐月子期間可以暫時與丈夫分房，她終於得到平靜的愉悅。市聲象徵了生活的安定與滿足，恰能反映銀娣的心境。

熱鬧的市聲反襯悲哀

有時，市聲傳達了整篇小說想要傳達的人生況味。在〈桂花蒸阿小悲秋〉的開頭，市聲創造出「遺棄」的感覺，予人置身荒漠之感。故事一開始，就是丁阿小牽著兒子百順的手，站在高樓陽台上聽市聲：

> 下面浮起許多聲音，各樣的車，拍拍打地毯，學校噹噹搖鈴，工匠搥著鋸著，馬達嗡嗡響，但都恍惚得很，似乎都不在上帝心上，只是耳旁風。

街市的喧鬧，象徵活潑的生命力，但是在市聲底下的，卻是人們被天地遺棄的灰色與蒼涼，這種被遺棄的感受與阿小的遭遇接近。

阿小是外國人哥兒達的傭人，有一個小孩，雖然也有丈夫，卻沒有更多的錢成家，只能與丈夫分居兩地，幸而有謀生能力，才能獨自扛起養育兒子的重擔，有時還能拿錢接濟丈夫。阿小平日的工作忙碌，藉著忙碌的生活暫時忘掉煩憂，工作讓她充滿活力。

張愛玲藉著呈現阿小的工作實況來強化這點，但沒有忘記揭露背後的悲哀：「她看看百順，心頭湧起寡婦的悲哀。」沒有經歷正式的結婚儀式，是阿小最大的遺憾，丈夫不在身旁，讓她更像個被遺棄的寡婦。

故事開頭喧囂的市聲，表面上呈現活躍的生命力，與充滿活力的阿小呼應，但「恍惚」、「耳旁風」等形容讓我們感到，張愛玲是用最熱鬧的聲音，襯托最荒涼的心境，她關注的，不是喧囂熱鬧的表象，而是深藏於阿小心中深沉的悲哀，這樣的反襯其實更接近真實的人生。

人聲撫慰了川嫦

所有精彩的故事總是悲、喜交織，企圖呈現人生的真相，讓觀眾的心也跟著糾結起來，而在張愛玲的筆下，就以聲音和人物的遭遇作對照。

在〈花凋〉的故事結尾，敘述川嫦久病，所以「終日鬱鬱地自思自想」，以至於骨瘦如柴，只想早日結束生命，但外頭的人聲帶來了人氣，也為她帶來了撫慰與希望：

衖堂裡叮叮的腳踏車鈴響，學童彼此連名帶姓呼喚著，在水門汀上金雞獨立一跳一跳「造房子」；看不見的許多小孩的喧笑之聲，便像磁盆裡種的蘭花的種子，深深在泥底下。川嫦心裡靜靜的充滿了希望。

小孩是新鮮的生命，「喧笑聲」象徵活力之花的綻放，對照逐漸步向死亡的川嫦，有一種淡淡的哀傷。小孩猶如上帝派遣的天使，他們的笑聲讓川嫦覺得這「腐爛而美麗的世界」，並非絕對令人厭惡，她從孩童的聲音中找到希望，是她整個悲劇人生中的一點光明。然而從臥病在床直到離世，她始終沒有機會見到花開，也看不到小孩，川嫦的悲劇是最澈底的。

日常的人聲與市聲，在張愛玲的筆下不只是舞台上的音效，或電影中的背景聲音，聲音在她的故事中充滿了意象，既能象徵人物內心的感受、透露人物對未來的期待和呈現生活的平凡之美，也能與人物遭遇到的人生問題參差對照，起著襯托的作用，寫法靈活多變，令人嘆為觀止。

03 無線電、留聲機、樂器之聲

——華爾滋的調子，搖擺著出來了，震震的大聲，驚心動魄，幾乎不能忍受的，情感上的蹂躪。（〈創世紀〉）

在電影裡，故事的氛圍經常透過影片的色調來營造，寫作上深受電影影響的張愛玲，也常透過顏色來說話，但是她的另一個祕密武器就是聲音，在她的筆下，聲音扮演著多重的角色，既能夠營造畫面，也能夠傳遞人物的情感與思想，創造出一種「蒼涼」的氛圍。

在張愛玲的小說中，大量描摹無線電、留聲機播放的音樂和彈奏樂器的聲音，這些聲音往往帶著悲憤與哀傷。透過聲音，她將自己對人生的看法和感受融入故事，使故事更貼近我們的生活。

透過無線電，洞悉人物內心

無線電播放出來的聲音，常使張愛玲感到喜悅，她在散文〈中國的日夜〉中說道：「快樂的時候，無線電的聲音，街上的顏色，彷彿我也都有份。」她時常聆聽無線電、唱片或樂器的演奏，走在街上，也常聽見無線電播放著樂曲或新聞，創作時信手拈來，就成了重要的小說素材。

先來談無線電。在張愛玲的小說中出現的無線電聲音，充滿豐富多彩的意象，傳達了人物複雜幽微的情感，有時更代替人物傾吐心聲，將人物沒有說出口，僅放在心裡的獨白和情感流動刻畫出來。這是小說與電影不同的地方，透過文字，聲音給人的想像空間更大。

比如在〈紅玫瑰與白玫瑰〉裡，有一幕描述烟鸝聆聽無線電的聲音，從中透露她受到振保冷落孤單的處境：

（振保）他不知道烟鸝聽無線電，不過是願意聽見人的聲音。

讓無線電的聲音代替人物發聲，是一種精彩的創意。比如寫振保對乏味的婚姻感到不耐煩，又無法改變處境，他按照世俗的標準娶了烟鸝，不甘心，覺得別人虧欠了他，這微妙的心情，就讓無線電訴說出來：

是和美的春天的下午，振保看著他手造的世界，他沒有法子毀了它。寂靜的樓房裡曬滿了太陽。樓下的無線電裡有個男子侃侃發言，一直說下去，沒有完。振保自從結婚以來，老覺得外界的一切人，從他母親起，都應當拍拍他的肩膀獎勵有加。像他母親是知道他的犧牲的詳情的，即是那些不知底細的人，他也覺得人家欠著他一點敬意，一點溫情的補償。

振保就像無線電裡「侃侃發言」的男子，不斷抱怨，他努力維持「好人」的形象，承擔許多責任，結果必然是一肚子說不完的牢騷和不平，歸根究底，只因為這並不是他想要的生活。透過無線電的聲音，張愛玲讓我們走進振保的心靈深處，洞悉他隱祕的內心和感情衝突。

無線電聲音表現爭吵場面

再談振保。同樣的手法，到了故事後面又用了一次。在偶然下，振保撞見了妻子烟鸝與裁縫在家中偷情，烟鸝在慌亂中順手捻開了無線電，這時無線電裡的聲音，暗示了烟鸝出軌：

又是國語新聞報告的時間，屋子裡充滿了另一個男子的聲音。

「另一個男子」指的是裁縫，裁縫的聲音充斥了整間房子，像鳩佔鵲巢，讓振保感到憤怒不滿。他沒想到過去自己和嬌蕊的「女主人與男客偷情」戲碼，在烟鸝和裁縫的身上重演了，只不過男客換了別人，女主人卻是自己的妻子，對振保無異是巨大的打擊。烟鸝出軌被撞見，振保夫妻之間的關係緊張到極處，張愛玲卻不明寫夫妻爭吵或冷戰的場面，而是藉著描寫無線電的聲音，引領我們聯想，讓聲音代替振保不斷為自己辯護，也代替自己痛罵烟鸝：

客室裡大敞著門，聽得見無線電裡那正直明朗的男子侃侃發言，都是他有理。振保想道：「我待她不錯呀！我不愛她，可是我沒有什麼對不起她的地方。我待她不算壞了。下賤東西，大約她知道自己太不行，必須找個比她再下賤的，來安慰她自己。可是我待她這麼好，這麼好——」

這裡將人、聲合一，無線電裡男子的聲音象徵振保的心聲，代替他「振振有詞」地為他不愛烟鸝辯解，他不認為自己有錯。張愛玲再藉由烟鸝關上無線電的舉動，象徵她的回應，表現夫妻之間的冷戰和尷尬氣氛：

屋裡的烟鸝大概還是心緒不甯，啪地一聲，把無線電關上了。振保站在門洞子裡，一下子像是噎住了氣；如果聽眾關上無線電，電台上滔滔演說的人能夠知道的話，就有那種感覺——突然的堵塞，脹悶的空虛。

無線電被烟鸝關上，像斷然地堵住了振保的口，他的不滿情緒無從發洩，這突然的寂靜，襯托出他那憤恨、悲哀，又無處可訴的心情。

無線電本身是劇情道具

無線電，是張愛玲在寫作上頗為特殊的表現手段，作為聲音的播放器，使它容易與聲音、情節、人物等其他元素結合；而單獨做為道具，對推動故事情節的發展，也有積極的作用。在〈花凋〉中，川嫦轉開無線電聽廣播，一邊與章雲藩對話，藉著談論無線電，她吐露了內心的隱衷：

> 這裡川嫦搭訕著站起來，雲藩以為她去開電燈，她卻去開了無線電。因為沒有適當的茶几，無線電是擱在地板上的。川嫦蹲在地上扭動收音機的撲落，雲藩便跟了過去，坐在近邊的一張沙發上，笑道：「我頂喜歡無線電的光。這點兒光總是跟音樂在一起的。」川嫦把無線電轉得輕輕的，輕輕的道：「我別的沒有什麼理想，就希望有一天能夠開著

無線電睡覺。」雲藩笑道：「那彷彿是很容易。」川嫦笑道：「在我們家裡就辦不到。誰都不用想一個人享點清福。」

川嫦談無線電，透露在大家庭生活的苦處，鄭家的孩子多，競爭也多，她過得辛苦；雲藩則不然，他是喜悅的將無線電與音樂連繫在一起。兩人一苦澀，一欣喜，成為對比，他們是不同世界的人。無線電的微光，在黑暗中散發神祕的氣氛，雲藩對川嫦動情了，兩人更確定彼此的心意。

唱片聲如同磨難的人生

張愛玲在小說中多次描寫留聲機播放唱片，比如在《怨女》中，唱片的運轉象徵主角遭遇的磨難，最令人印象深刻。銀娣在姚家分產時吃虧，向裁判遺產的老太爺發出不平之鳴，結果旁觀的人們以沉默回應：

駭異的寂靜簡直刺耳，滋滋響著，像一支唱片唱完了還在磨下去。

分家不公，銀娣不甘心的反抗，老太爺和其他人明知她說的是理，卻沒有人幫她說句公道話，這時的「寂靜」是無情且殘酷的。銀娣奮戰到最後，終究沒有她的份了，這齣人生的苦戲看似「唱完」，而且唱得難聽、唱得淒慘，仍得繼續地「磨」下去，她的人生充滿了磨難。

〈陽關三疊〉唱出離愁別緒

音樂旋律一唱三歎，有餘音繞樑的效果，是聲音表現力的一種。〈創世紀〉裡的留聲機，重複播放了三次〈陽關三疊〉曲，小說的結構因此更緊密，主題更集中。至於，讓音色在重複演奏時產生變化，烘托不同感覺的氛圍，分別蘊涵不同的象徵意義，則是張愛玲獨特的說故事方式。

〈陽關三疊〉出自唐代詩人王維的〈渭城曲——送元二使安西〉，詩云：「渭城朝雨浥輕塵，客舍青青柳色新。勸君更盡一杯酒，西出陽關無故人。」是朋友惜別時相互酬答的歌曲，全曲將四句詩重唱了三次，所以稱為〈陽關三疊〉，張愛玲以曲中訴說的「離別」為主題，書寫了三種人們一生中可能遭逢的愁緒。

首先是「告別愛人」的愁。當瀠珠得知毛耀球另有同居情人，「不知為什麼，和他來往，時時刻刻都像是離別。總覺得不長久，就要分手了」，留聲機裡播放的〈陽關三疊〉曲，象徵她割捨戀情的痛苦心情：

她小時候有一張留聲機片子，時常接連聽個七八遍的，是古琴獨奏的「陽關三疊」綳啊綳的，小小的一個調子，再三重複，卻是牽腸掛肚。……瀠珠那張「陽關三疊」的唱片，被她撥弄留聲機，磕壞了，她小時候非常頑劣，可是為了這件事倒是一直很難受。唱片唱到一個地方，調子之外就有格蹬格蹬的嘎聲，直叩到人心上的一種痛楚。

唱片被「磕壞了」就不再完美，感情也是。〈陽關三疊〉曲唱得很苦，但是瀠珠的感情更苦，她和耀球之間已經有了瑕疵，所唱的曲總發出噪音，受傷的感情，永遠也無法修補如初了。後來，雖然瀠珠仍繼續和耀球來往，但心頭時而浮著一層淒涼與感傷，她在耀球的房間裡，聆聽留聲機播放的「藍色的多瑙河」，耀球問她是否嫌吵，她說：

「我聽無線電也是這樣，喜歡坐得越近越好，人家總笑我，說我恨不得坐到無線電裡頭去。」坐得近，就彷彿身入其中。

張愛玲將瀠珠「融入」到無線電的曲聲裡了，準備讓樂曲代替瀠珠說話，暗示接下來樂曲訴說的，就是瀠珠的心情：

華爾滋的調子，搖擺著出來了，震震的大聲，驚心動魄，幾乎不能忍受的，情感上的蹂躪。尤其是現在，黃昏的房間，漸漸暗了下來，唱片的華美裡有一點淒涼，像是酒闌人散了。瀠珠在電影裡看見過的，宴會之後，滿地絆的彩紙條與砸碎的玻璃杯，然而到後來，也想不起這些了。嘹亮無比的音樂只是迴旋，迴旋如意，有一種黑暗的熱鬧，簡直不像人間。

讓瀠珠牽腸掛肚的是對耀球的情感，就像磕壞的唱片，已經有瑕疵了，卻讓她眷戀難捨、痛楚難言。瀠珠聆聽的「藍色的多瑙河」，聲音是「幾乎不能忍受的」，象徵她難以忍受三角關係的處境，這個聲量逐漸放大，乃至「驚心動魄」，猶如身處情感的地獄。

第二次出現〈陽關三疊〉曲，是從瀠珠的祖母紫微的角度，訴說「女人遠離青春與富貴」之愁，樂曲由唱片轉為以樂器來表現。

夜半時分，紫微回想從年輕到老的往事，想到自己從前也是個美人，穿著「珠光寶氣，粉妝玉琢的」，天天坐在包廂裡看戲；而今美人已老，家庭敗落，從沒經歷過真正的戀愛，以為愛情只有書裡才有，自己都覺得可悲。這時，樓下傳來小風琴演奏的〈陽關三疊〉曲，奏出紫微的愁緒：

樓下的一架舊的小風琴，不知哪個用一隻手指彈著。「陽關三疊」的調子，一個字一個字試著，不大像。古琴的曲子搬到嘶嘶的小風琴上，本來就有點茫然——不知是哪個小孩子在那兒彈。

將古琴演奏的曲子換作由小風琴彈奏，刻意讓曲子與樂器不調和，調子聽起來依稀是原曲，卻又不大像。紫微對她一生的懊悔和茫然，對美人遲暮的愁，也正如那模糊難辨的曲調，點點滴滴流到心頭。

到了故事末尾，〈陽關三疊〉曲第三度響起，象徵的是「希望的遠離」，也象徵紫微對人生已經澈底失望，進而是更沉重的絕望：

幾個兒子裡，當時她對他抱著最大的希望，因為正是那時候，她對丈夫完全地絕望了。仰彝倒是，一直很安頓地在她身邊，沒有錢，也沒法作亂，現在燕子窠也不去了，賭檯也許久不去了。仰彝其實還算好的，再有個明白點的媳婦勸勸他，又還要好些。偏又是這樣的一個糊塗蟲——養下的孩子還有個明白的？都糊塗到一家去了！

樓下的風琴忽然又彈起來了，「陽關三疊」，還是那一句。是哪個小孩子——一直坐在那裡麼？一直靜靜地坐在那裡？

孩子象徵「希望」，但是紫微的希望並不曾降臨到她的人生。她對丈夫失望，曾改寄望於兒子仰彝，但仰彝安分卻沒出息，只會伸手拿錢，而媳婦無能，還養出一些更「糊塗」的孩子，第三代也令人失望。張愛玲運用曲調，將紫微的愁緒層層推進，演奏出人生的蒼涼與失落。

音樂象徵繁華生活對薇龍的誘惑

只要善用想像力和譬喻，故事裡的音樂就能化為具體的事物，成為重要的意象。〈第一爐香〉的葛薇龍，在登場時只是個普通的、經濟發生問題的上海女孩，因為美貌，姑媽梁太太打算將她培養成香港的交際花。張愛玲以梁太太家樓下宴客傳來的樂音，描述繁華生活對薇龍的誘惑：

薇龍上樓的時候，底下正入席吃飯，無線電裡樂聲悠揚。薇龍那間房，屋小如舟，被那音波推動著，那盞半舊紅紗壁燈似乎搖搖晃晃，人在屋裡，飄飄盪盪，心曠神怡。

音樂被喻為波浪，房間被喻為海上的舟：「鐵闌干外浩浩蕩蕩的霧，一片濛濛乳白，很有從甲板上望海的情致。」大海象徵未知的危險，「舟」象徵探索新的領域，海上的旅程常會經歷許多波折、危險，甚至迷失方向，正切合薇龍此時的狀態。

熱鬧的音樂代表「樓下的繁華」，果然她的心也跟著節拍搖晃不定，宛如在海上行舟。在她的想像中，衣櫥裡的華服與舞曲結合起來了，對一個美麗而沒有見過世面的女孩來說，是很大的誘惑：

樓下吃完了飯，重新洗牌入局，卻分了一半人開留聲機跳舞。薇龍一夜也不曾闔眼，才闔眼便恍惚在那裡試衣服，試了一件又一件；毛織品，毛茸茸的像富於挑撥性的爵士樂；厚沈沈的絲絨，像憂鬱的古典化的歌劇主題曲；柔滑的軟緞，像「藍色的多瑙河」，涼陰陰地匝著人，流遍了全身。才迷迷糊糊盹了一會，音樂調子一變，又驚醒了。樓下正奏著氣急吁吁的倫巴舞曲，薇龍不由想起壁櫥裡那條紫色電光綢的長裙子，跳起倫巴舞來，一踢一踢，淅瀝沙啦響。

薇龍耳中聽的，是留聲機傳來的舞曲；手中摸的，是梁太太為她準備的各式華服，未來的生活光耀炫目，深深地打動了她的心。張愛玲糅合了音樂之美與衣料的觸感，讓兩種感官感覺通同一氣，表現薇龍心中對榮華富貴的渴慕；而薇龍暈迷似的想像自己翩然起舞，更是富於暗示的描寫。

張愛玲的聲音書寫靈活多變，留聲機與唱片、樂曲的完美配搭，在她的小說中，是生活化而不可或缺的道具，樂曲在各種播放器與樂器之間自由轉換，各具不同的表現力與象徵意義。她注重「聲、情兼備」，不願因為追求描寫技巧，而脫離作品的思想內容，她的聲音書寫蘊含了人情，在她筆下，那從冰冷的機器流瀉而出的聲音，反映的就是人間的殘酷與哀愁。

04 心理與意識上的恐怖之音

——但是豬被殺的時候叫得太長久，也認為是不吉利的，所以叫到後來，譚老大就伸出一隻手來握住牠的嘴。（《秧歌》）

張愛玲對俗世生活有深刻的體會，同時具有天賦敏銳的聽覺感受力，所以能利用各種聲音素材，比如哭聲、殺豬聲與刑場的聲音等，在小說中吟唱出人生百態，進一步建構她眼中龐大的、鬼魅般的「非人世界」。這些恐怖的聲音，反映她對人類本性的陰暗面，具有透澈的洞察力。

人間鬼域傳來的聲音

除了日常的人聲、市聲，張愛玲也描寫眾多恐怖的聲音，小說人物隨時可能幻化為幽魂，在疑似鬼域的場景中飄蕩。夏志清先生在《中國現代小說史》中指出，張愛玲善用鬼怪幻覺來暗喻，她筆下的描寫，大多帶著一種「陰森森的鬼氣」。

鬼域，是張愛玲對世界的詮釋，剖析小說裡的恐怖之聲，有助於理解現實社會的陰暗面。因為聲音捉摸不定的特質與鬼魂的概念相似，容易營造陰氣森森、虛無縹緲的氣氛，刺激我們的想像，所以張愛玲用聲音建構了一個鬼的世界。這些「鬼」並非真鬼，只是為了影射某件事所設的象徵，有暗示人物命運的作用，如同恐怖電影裡的配樂，引領我們進入故事中那陰森的世界。

哭聲宛如鬼聲

張愛玲會將故事主角所在的環境，描述得有如墳場，再用恐怖的聲音加以渲染，這時的聲音既能渲染氣氛，也有暗示的作用。

在《半生緣》中，曼楨被姐姐曼璐、姐夫祝鴻才軟禁，世鈞被蒙在鼓裡，他前往曼璐的住處找曼楨時，看到這棟屋子座落在公墓的附近，周圍盡是荒涼的景象，這時女人的哭聲傳來了：

> 這座房子並沒有左鄰右舍，前後都是荒地和菜園，天寒地凍，四下裡鴉雀無聲。下午的天色黃陰陰的，忽然起了一陣風，半空中隱隱的似有女人的哭聲，風過處，就又聽不見了。世鈞想道：「這聲音是從哪兒來的，不會是房子裡邊吧？這地方離虹橋公墓想必很

近，也許是墓園裡新墳上的哭聲。」再凝神聽時，卻一點也聽不見了，只覺心中慘戚。

曼璐家附近的公墓傳來哭聲，與曼楨聯想在一起，房子就像個「墳場」了，曼楨的自由將被「埋葬」在這裡。女人可能是新墳上哭泣的家屬，他們的哭聲宛如冤魂的哀泣，彷彿為曼楨而哭，又像曼楨自己的哭泣，予人恐怖之感，颳起的那一陣風，則像鬼魂出現前的「陰風」。

後來世鈞打電話到顧家，才發現顧家突然舉家遷移，更覺得「簡直好像遇見了鬼一樣」，於是曼楨失蹤的這樁「疑案」，就因為這些恐怖的聲音和不尋常的搬家，蒙上了一層詭異的色彩。

殺豬聲象徵受剝削的農民

另一部小說《秧歌》，說的是飢餓的農民生活，為了表現農民的慘狀，就以悲慘、恐怖的聲音來渲染氣氛。

故事發生在貧瘠的農村，由金根一家飽受飢餓的生活開始。這些農民吃不飽、穿不暖，還要給軍屬採辦年禮；他們殺豬是受到幹部所逼，自己沒有肉吃，卻要殺豬給軍屬食用；明明鬧饑荒，還要排練慶祝豐年的扭秧歌，營造豐年的假象，最後在飢餓、貧窮的情況下反抗了。

小說的反面人物是王霖，張愛玲寫他剝削農民以滿足自己，暗示他「吃人」的行徑，就以「殺豬」的一場戲來表現這種「人吃人」的殘酷。殺豬的聲音渲染了恐怖感，也象徵了王霖的恐怖手段：

尖刀戳進豬的咽喉，也並沒有影響到牠的嗓音。牠仍舊一聲聲地嗥著。但是豬被殺的時候叫得太長久，也認為是不吉利的，所以叫到後來，譚老大就伸出一隻手來握住牠的嘴。過了一會，牠低低地咕嚕了一聲，彷彿表示這班人是無理可喻的。從此就沉默了。豬的喉嚨裡汩汩地流出血來，接了一桶之後，還有些流到地下，立刻來了一隻小黄狗，叭噠叭噠吃得乾乾淨淨。然後牠四面嗅過去，希望別處還有。他們讓那豬撲翻在桶邊上，這時候牠臉朝下，身上雪白滾壯的，剩下頭頂心與腦後的一攤黑毛，看上去真有點像個人，很有一種恐怖的意味。

屠宰的過程與豬的嚎叫，被描述得極為恐怖：豬隻的叫聲尖銳淒厲，如同「生鏽的警笛」，卻毫無制止的作用。連續的嗥叫平板刺耳，直到有人「握住豬的嘴」，這動作象徵農民在壓力下不敢發表意見，他們只能閉嘴，強裝笑臉、偽裝幸福，從側面揭示農民壓抑和扭曲的靈魂。

死掉的豬被形容「像個人」，殺豬就有「殺人」的意味。豬血流了滿地，象徵農民的血汗被壓榨殆盡；舔血的小黃狗則暗指壓榨他們的人，不惜壓榨農民滿足自己。豬臨死的哀號，彷彿是農民遭受剝削時的哀鳴。

在故事的結尾，月香的丈夫、小孩都在暴動中喪生，她心痛下放火燒了糧倉，這時排演秧歌曲的鑼仍拚命地敲著：「那不停的『嗆嗆嗆嗆』喚醒了一種古老的恐怖，彷彿那村莊正被土匪圍攻著。」原本象徵喜慶與豐年的秧歌，在暴動和屠殺的慘劇下成了輓歌，似乎在超渡那些死去的農民，哀悼無辜的生命，聲音告訴我們，這是一個荒誕恐怖的世界。

刑場之聲塑造人間煉獄

作家的企圖心到了《赤地之戀》，有了更進一步的發展。張愛玲以更直接的筆觸，描摹死囚悽慘的叫聲，讓一個沾染鮮血、如同「地獄」般的「赤地」，呈現在我們的面前。夏志清先生認為張愛玲此時的野心更大，包括更廣的範圍，把土改時錯誤的手段造成的結果和盤托出。

在土改後，大地變得更荒涼了，張愛玲在小說中打造了一個比《秧歌》更血腥、更可怕的「非人世界」。故事中有一段槍斃地主的情節，運用槍聲、烏鴉的叫聲和死囚的哀鳴，呈現殺戮之後的慘狀：

> 「砰！」十幾桿槍一齊響。雖然這曠野的地方不聚氣，聲音並不十分大，已經把樹上的鳥都驚飛起來，翅膀拍拍地響成一片，那紫灰色的城樓上也飛起無數的鳥雀。
>
> 然後突然又起了一陣意想不到的尖銳顫抖的聲浪。撲倒在地下的一排囚犯，多數還一聲聲地叫喚，不住地掙扎著，咬嚙著那染紅了的荒草。
>
> 「再放一槍！好好的瞄準！」民兵隊長漲紅了臉叫喊著。
>
> 但是那些民兵不爭氣，都嚇怔住了，一動也不動。現在射擊的目標不是一排馴服的背脊了，而是一些不守規則的瘋狂地蠕動著的尸體。
>
> 痙攣的手臂把地下的草一棵棵都拔了起來。那似人非人，似哭非哭的嗚嗚聲繼續在空中顫抖著。

那「似人非人，似哭非哭」的聲音像來自地獄，死囚猶如在地獄裡掙扎的鬼，他們被槍擊中卻還沒有死透，發出痛苦的叫聲，聲音「尖銳顫抖」，軀體在地上「瘋狂地蠕動」，最慘的地獄也不過如此了。

張愛玲書寫的恐怖之聲，蘊含了「死亡」的意象，除了呈現人物悲慘的際遇，也呈現在不當的統治下，幹部濫用酷刑迫害農民，加害者失去人性，被害者失去尊嚴的悲慘結局，這就是張愛玲眼中的「鬼域」。她透過聲音，製造了心理及意識上的恐怖，讓人讀了也從心底滲出寒意。

05 如歌的戰火聲

——嘶潤唔唔！——又在轟炸。這一聲巨響比較遠，聲音像擂動一隻兩頭小些的大鐵桶，洪亮中帶點嘶啞。（《小團圓》）

張愛玲的小說大多充滿悲調，這根源於她悲觀的人生態度，所描寫的聲音處處悲愁，她善用「參差對照」的手法，賦予各種意象，讓我們能更深刻的理解故事，從聲音中體會她對現實人生的觀察，其中對戰火聲的描寫以及運用的方式，更是別開生面，相當具有創意。

就在張愛玲即將大學畢業的前半年，香港與日本爆發戰爭，學校成為避難所，她在〈我看蘇青〉一文說道：「在香港讀書的時候，我真的發憤用功了，連得了兩個獎學金，畢業之後還有希望被送到英國去……然後戰爭來了，學校的文件紀錄統統燒掉，一點痕跡都沒留下。」張愛玲經歷過戰爭的洗禮，對她的人生影響極大，戰火聲就成為作品中獨特的風格。

香港之戰的戰機聲與砲聲

張愛玲筆下描述的戰爭，與一般描寫戰爭場面的手法不同，她很少將血肉橫飛的畫面搬上檯面，反倒經常從聽覺的角度來刻畫戰爭。她將砲火聲搭配巧妙的比喻，營造戰時的緊張氣氛，這是她書寫戰爭的特色。

〈傾城之戀〉的故事，是以一九四一年十二月八日的香港之戰為背景，張愛玲透過白流蘇，帶我們感受這場戰爭的激烈：

> 屋頂上架著高射炮，流彈不停的飛過來，尖溜溜一聲長叫：「吱呦呃呃呃……，」然後「砰」，落下地去。那一聲聲的「吱呦呃呃呃……」撕裂了空氣，撕毀了神經。淡藍的天幕被扯成一條一條，在寒風中簌簌飄動。風裡同時飄著無數剪斷了的神經尖端。

這段聲音描述，表現戰爭時生死一線的危急感。張愛玲利用一連串的擬聲字模擬子彈破空之聲，形容就像人被剪斷的神經，將人們在戰爭中緊繃到神經幾近斷裂的情狀，描摹得極為深刻。又如：

飛機蠅蠅地在頂上盤旋，「孜孜孜……」繞了一圈又繞回來，「孜孜……」痛楚地，像牙醫的螺旋電器，直挫進靈魂的深處。

空中的戰機來回盤旋，躲在屋內的人極度害怕，而那恐懼到極點的感覺，彷彿牙醫的鑽牙器往人的心裡鑽去，鑽到靈魂深處，挫進最脆弱的地方，那是一種發自內心深處的恐怖，象徵人們面對死亡時的疼痛與恐懼。接著，將炸彈轟炸在大地發出來的巨響，形容為釘箱子的聲音：

花園裡炸出一個大坑。這一次巨響，箱子蓋關上了，依舊不得安靜。繼續的砰砰砰，彷彿在箱子蓋上用鎚子敲釘，搥不完地搥。從天明搥到天黑，又從天黑搥到天明。

炸彈轟炸地面的聲音，猶如闔上木箱和鐵鎚敲擊的聲音，道盡戰爭帶來的折磨。拿鐵鎚釘箱子的蓋子，象徵釘棺材板，是「死亡」的意象，當戰爭來臨，所有的人如同被釘入棺材裡，一起面臨死亡。

除了聽覺，這裡還加上視覺：炸彈轟然著地，世界變得昏天黑地，像「箱子蓋關上了」，旋即恢復光亮，接著炸彈再度投擲，又是一片黑，以「天黑」、「天明」，描摹炸彈一發又一發撞擊地面的樣子。小說中的聲音描寫取代了對砲彈飛擊的描繪，戰爭就被聽覺化了。

最後再用聲音告訴我們，一個被戰爭摧殘過的城市應該是什麼樣子。戰爭停止了，城市裡一片寂靜，只剩下風在吹著：

一到晚上，在那死的城市裡，沒有燈，沒有人聲，只有那莽莽的寒風，三個不同的音階，「喔……呵……嗚……」無窮無盡地叫喚著，這個歇了，那個又漸漸響了，三條駢行的灰色的龍，一直線地往前飛，龍身無限制地延長下去，看不見尾。「喔……呵……嗚……」叫喚到後來，索性連蒼龍也沒有了，只是一條虛無的氣，真空的橋樑，通入黑暗，通入虛空的虛空。

在中國的傳統神話中，龍被視為祥瑞之獸，是王權的象徵，但是西方神話中的龍則有不同的意義。從基督教時代開始，在《啟示錄》中，龍是邪惡的象徵、撒旦的化身，後來西方的龍都帶有邪惡的意味。香港在戰爭中死了大部分，這裡的風就像龍一樣穿行在「死的城市」裡，所到之處只有帶來黑暗和死亡，那三個音階彷彿是死神正在宣告自己的勝利。

砲彈聲的音色、頻率和音波

在戰爭片裡，砲彈聲就是一連串的呼嘯，用來震撼人心，電影的音效必須力求真實，才能讓觀眾有臨場感，但是小說中的砲彈聲讓人有更多的想像力。在《易經》裡，張愛玲添加了許多形容描述戰火的聲音，將砲彈降臨時聲音的變化，藉由歌聲的音色來比喻：

> 砲彈來了，悠然劃著長長的弧，吱喲呃呃呃一聲長叫。錐耳朵的高音像放大了的蚊蠅嗡嗡聲，是鋼鐵鍊的假嗓，打算唱個通宵，還在最想不到的地方陡然降幾階，猝然停止。

將砲彈劃過天際的聲音，用三種聲音來比喻，像蚊蠅的嗡嗡，又如鋼鐵鍊般的金屬聲，又如唱聲樂時的假音。再形容砲彈破空之聲的變化：音色會突然拔高，又忽然降階，最後猝然停止。這段描寫，將砲彈聲的音色、頻率和音波的變化，有層次地呈現出來了。

戰火聲如同戰爭的詩歌

而在《小團圓》裡，有一段戰火聲運用擬聲字寫成，現代詩的句式，使整段描寫就像詩歌一樣充滿著音樂的節奏感：

> 噝潤唔唔！——又在轟炸。這一聲巨響比較遠，聲音像擂動一隻兩頭小些的大鐵桶，洪亮中帶點嘶啞。
>
> 噝潤嗯唔唔！這一聲近些。
>
> 昨天鎗林彈雨中大難不死，今天照樣若無其事的炸死你。
>
> 噝潤唔唔！城中遠遠近近都有隻大鐵桶栽倒了，半埋在地下。
>
> 噝潤嗯唔唔！這次近了，地板都震動，有碎玻璃落地聲。

這裡的戰火聲象徵戰爭的無情。張愛玲用擬聲字「噝潤唔唔」、「噝潤嗯唔唔」模擬砲彈轟炸的聲音，讓聲音有了躍動感；而每一句摹聲之後，就夾以動態的描寫，比如說轟炸聲如倒翻或掩埋在地下的「鐵桶」，點出「洪亮中帶點嘶啞」的音質特色。

音樂是時間的藝術，聲音描寫的介入，使張愛玲的小說裡多了一種空間感，開拓了創作的視野。這段聲音描寫表現張愛玲運用長短句的形式，塑造聲音快慢、輕重、緩急等具有時間感的特色，也標示出韻律節奏，形成特殊的美感，讓這段戰火聲的描寫，像極了一首關於戰爭的詩歌。

交織成一片的砲火交響曲

在《赤地之戀》中，聲音描寫也是主要書寫戰爭的手法。故事敘述黃絹為了救劉荃，同意嫁給老幹部申凱夫，心碎的劉荃於是到朝鮮前線參戰。在猛烈的戰爭中，劉荃聽見的戰火聲，反映了戰場上的慘烈：

> 劉荃的左臂被什麼東西撞了一下，突然一陣麻木，他不得不用右臂去抱著它，像孩子們抱著洋娃娃的姿勢。他明白他是中了一鎗。這一停頓下來，剛才跑的時候不聽見的聲音全都聽見了。簡直像死而復甦一樣，耳朵裡轟然一聲，突然聽見那祕密的機關槍聲軋軋軋軋，槍彈的尖聲呼嘯，敵方的追擊砲發出那遲鈍而可怕的「喀爾隆！喀爾隆！」四周喊殺的聲音如同暴風雨似地沙沙響著。他覺得大家都瘋了，張大了嘴叫著，歪著臉，臉

龐像切掉了一瓣的西瓜。

觸覺、聽覺、視覺的交疊，讓描寫格外精彩。戰場上情勢緊張，劉荃奔跑，中槍後反而像「死而復甦」，因為痛覺的刺激讓他感覺自己的存在。接著是機關槍聲「軋軋軋軋」連串的擬聲字，這是槍彈的呼嘯聲加上追擊砲遲鈍的開炮聲，與士兵們的喊殺交織成一片，眼前都是破碎的面孔，世界彷彿被「炮火交響曲」給統治了，那是象徵死亡的「喪樂」。

戰火聲是張愛玲聲音描寫的特色，她以聽覺取代視覺，不著重描寫戰爭場面，而利用聲音創造出一片慘烈的戰爭場景，蘊含著意象，有戰爭發生時的危急感，也有死亡的疼痛與恐懼，呈現戰爭的無情和折磨。她用心觀照生活，從鑑賞音樂和觀察聲音的經驗中得到啟發，賦予文字獨特的「音感」，搭配新穎的譬喻，為書寫戰爭樹立了獨特的風格。

06
哀感肅殺的婚樂

——開道的吹鼓手奏出高亢混亂的曲調，像是一百支笛子同奏一首歌，卻奏得此前而彼後，錯落不整。（《易經》）

張愛玲小說中的音樂，被賦予強烈的「預示」作用，傳達出一種「宿命論」，預告人物的死亡，或暗示女性可能進入不幸的婚姻。往往將喜慶場合的音樂，描述得充滿哀傷的旋律，以傳達「鬼域」和「人間地獄」的意象，反映張愛玲對婚姻、社會和人生的看法。

「婚姻如墳墓」，是張愛玲經常書寫的主題。對女性來說，不幸的婚姻如同人間地獄，張愛玲運用婚禮樂器，如喇叭、鑼鼓、笛子吹奏的聲音，創造「死亡」的意象，反映她悲觀的婚姻觀。[2]

故事中的婚禮總被描述成辦喪事出殯，婚姻本身和舉行婚禮的禮堂則有如墳場，婚禮就是帶著新娘走入死亡的儀式。婚禮進行曲是新娘的送葬曲，新娘被描述成蒼白的屍首，一副悽慘哀愁的鬼相。在張

2 張愛玲在《怨女》寫道：「漂亮的女孩子不論出身高低，總是前途不可限量，或者應當說不可測，她本身具有命運的神祕性。一結了婚，就死了個皇后，或是死了個名妓，誰也不知道是哪個。」

愛玲的小說中，新娘沒有結婚的喜悅，她們像是前往戰場赴死，看不見希望。

新婚吵架聲戳破風光的表象

在〈桂花蒸阿小悲秋〉中，哥兒達家樓上的那對新婚夫妻，結婚時妝奩豐盛，有四個傭人陪嫁，這讓沒有辦過婚禮的阿小很羨慕。但小說中形容陪嫁的傭人：「那四個傭人，像喪事裡紙紮的童男童女，一個一個直挺挺站在那裡，一切都齊全，眼睛黑白分明。」就是暗示不幸的婚姻。故事的結尾，阿小聽見樓上夫婦吵架的聲音，印證了這點：

> 樓上的新夫婦吵起嘴來了，訇訇響，也不知是蹬腳，還是被人推撞著跌到櫥櫃或是玻璃窗上。女人帶著哭聲咧咧囉囉講話，彷彿是揚州話的「你打我！……你打我！……你打死我啊！……」……樓上鬧鬧停停，又鬧起來。這一次的轟轟之聲，一定是女人在那裡開玻璃窗門，像是要跳樓，被男人拖住了。女人也不數落了，只是放聲嚎哭。哭聲漸低，戶外的風雨卻潮水似地高起來，嗚嗚叫囂；然後又是死寂中的一陣哭鬧，再接著一陣風聲雨聲，各不相犯，像舞台上太顯明地加上去的音響效果。

新婚夫妻打架、吵架的聲音，與窗外的風雨聲疊合起來，最後風雨聲代替了這對夫妻的吵架聲，在「嗚嗚叫囂」之後回復死寂，彷彿是說夫妻冷戰「各不相犯」，這才是他們婚姻的真相。

張愛玲想告訴我們，那些看似風光的婚禮和婚姻，內在可能早已腐朽不堪，若不是處身於其中，恐怕無法了解箇中滋味，而外人如秀琴、阿小，如你、如我，就更不能體會別人婚姻裡的問題和難處了。這種裡外不一致、戲劇化的描寫，像是對婚禮的體面風光做了一番嘲弄。

玉熹婚禮婚樂的肅殺之氣

在故事中，如果女主角的婆家有個像銀娣這樣惡劣的婆婆，那麼這場婚禮該如何表現？在《怨女》裡，張愛玲將玉熹迎親時演奏的婚樂，描述得宛如喪樂，但是缺乏哀淒之情，反而是像軍樂，充滿了肅殺之氣：

> 沒叫小堂名，嗚哩嗚哩吹著，倒像租界上的蘇格蘭兵操兵。軍樂隊也嫌俗氣，不比出殯。所幸沒有音樂。

婚樂在玉熹新婚的日子裡，傳遞的並不是「百年好合」的祝福，反而象徵「肅殺」，就像一道催命符，暗示玉熹的新娘未來的命運。果然婚後銀娣就在背後嫌棄媳婦：「嗳呀！新娘子怎麼這麼醜？這怎麼辦？怎麼辦？」後來乾脆直接在牌桌上說：「你不要看我們少奶奶死板板的那樣子，她一看見玉熹就要去上馬桶。」當眾拿媳婦的性事來取笑。

後來銀娣的媳婦病了，銀娣也不給看醫生，繼續嘲笑辱罵，終於媳婦孤寂的死去了，而婚樂早已經告訴我們新娘的結局。

玉清婚禮婚樂如同輓歌

〈鴻鸞禧〉裡的邱玉清結婚時，婚禮上演奏的「結婚進行曲」也別有意涵，原本能為婚禮增添浪漫氣氛的婚樂，被形容得如同輓歌一般：

> 樂隊奏起結婚進行曲，新郎新娘男女儐相的輝煌的行列徐徐進來了。在那一刹那的屏息的期待中有一種善意的，詩意的感覺；粉紅的，淡黃的女儐相像破曉的雲，黑色禮服的男子們像雲霞裡慢慢飛著的燕的黑影，半閉著眼睛的白色的新娘像復活的清晨還沒醒過來的屍首，有一種收斂的光。這一切都跟著高升發揚的音樂一齊來了。

結婚進行曲的音樂，除了帶來夢幻、詩意的男女儐相，也帶來形象有如「屍首」的新娘。新娘子玉清被塑造得像個鬼，她與丈夫的婚紗照是：「把障紗拉下來罩在臉上，面目模糊，照片上彷彿無意中拍進去一個冤鬼的影子。」而她在單獨拍攝的結婚照中也像個假人：「白禮服平扁漿硬，身子向前傾而不跌倒，像背後撐著紙板的紙洋娃娃。」

再看看玉清的婆家，有刻薄的兩個小姑、無能的婆婆和虛榮心重的公公，可想而知，她的婚姻生活恐怕不太好過。

露婚禮的樂聲和炮聲猶如喪樂

張愛玲筆下書寫的，幾乎都是怨偶殘缺的關係，翻來覆去吟唱的，也無非是不幸的婚姻，反映了她的婚姻觀，這或許可以從她在《易經》中描寫自己母親的婚禮細節，窺見她的心靈受到的影響。

《易經》裡的琵琶是張愛玲的自況，琵琶的母親「露」，就是影射張愛玲的母親黃素瓊女士。露結婚的那天，迎親的吹鼓聲與鞭炮聲交雜在一起，就像戰場的號角聲那樣悲壯：

她向母親與祖先叩頭道別，被送上了花轎，禁閉在微微波盪的黑盒子裡，被認定會一路哭泣。鞭炮給她送行，像開赴戰場的號角。開道的吹鼓手奏出高亢混亂的曲調，像是一百支笛子同奏一首歌，卻奏得此前而彼後，錯落不整。他們給她穿上了層層的衣物，將她打扮得像屍體。死人的臉上覆著紅巾，她頭上也同樣覆著紅巾。注重貞節的成見讓婚禮成了女子的末路。她被獻給了命運，切斷了過去，不再有未來。婚禮的每個細節都像是活人祭，那份榮耀，那份恐怖與哭泣。

婚樂營造了「死亡」的意象，原本應該是喜氣熱鬧的樂音，透過凌亂的笛聲被轉化為「喪樂」，又像兩軍開戰前吹響的號角，使婚禮的氣氛變得異常殘酷；笛子的聲音錯落不整，新娘的心情想必是紊亂不安。整場婚禮宛如一場「活人祭」，新娘打扮得像屍體，一步步走上紅毯的另一端，也走上女子的末路，迎接她的不是幸福美好的人生，而是吞噬生命的黑洞。

張愛玲在這裡間接的抨擊「吃人的禮教」，為了貞節，女性婚後必須從一而終，於是婚姻就成為女子的「末路」。她認為現今禮教已經退流行了，母親的犧牲失去了意義，卻喚不回失去的人生。從她的描述中，得見她對於母親在婚姻中受到的折磨，能夠寄予理解和同情。

張愛玲藉著描寫婚樂渲染婚禮的氣氛，在喜事中注入悲音，為喜慶的場面增添哀戚的情緒，以參差對照的筆法，呈現真實的人生百態，訴說傳統女性在不幸婚姻裡的處境；又將筆下眾多的「人間地獄」——婚姻，用婚禮的樂音隱喻出來，反映她對現世人生種種陰暗面的洞見觀瞻。

07
象徵情欲的叫賣與叢林之音

——叢林中潮氣未收，又濕又熱，蟲類唧唧地叫著，再加上蛙聲閣閣，整個的山窪子像一隻大鍋……（〈第一爐香〉）

張愛玲在小說中處理情欲的方式，仍然是以她擅長的象徵手法為主。因為聲音在男女進行魚水之歡時，原本就扮演極重要的角色，同時，聲音還可以象徵男女在交往前，對彼此的情欲飢渴狀態，所以用聲音來呈現人物性幻想的歷程，創造聲音的情欲意象，成為張愛玲書寫的一個重點。

叫賣聲隱含情欲

比起〈金鎖記〉，張愛玲在《怨女》中對寡婦的情欲做了更多的描寫，創新的地方在於從聲音著手，以男人的叫賣聲擾動銀娣的情欲，呈現銀娣守寡的寂寞，我們可以從聲音的變化中，看見其「勾引」人的程度。

在老太太、姚二爺過世後，姚家分家產，銀娣帶著兒子玉熹開始新的生活，之後的情節就著墨在銀娣的守寡。銀娣很年輕就守寡了，她的心中隱藏被巨大孤獨感擠壓的痛苦，半夜怕上床，上床後便情欲翻騰無法排遣。就在這時，外頭小販的叫賣聲響起了，男人的嗓音挑起了銀娣內心深處對年輕男人的渴望：

「噯呵……赤豆糕！白糖……蓮心粥！」賣宵夜的小販拉長了聲音，唱得有腔有調，高朗的嗓子，有點女性化，遠遠聽著更甜。那兩句調子馬上打到人心坎裡去，心裡頓時空空洞洞，寂靜下來。她眼睛望著窗戶。歌聲越來越近了。她怕，預先知道那哀愁的滋味不好受。他彎到衖堂裡去了。她從來沒聽見它這樣近，都可以拶出那嗓子裡一絲絲的沙啞，像竹竿上的梗紋。一個平凡和悅的男人喉嚨，相當年輕，大聲唱著，「噯呵……赤豆糕！白糖……蓮心粥！」那聲音赤裸裸拉長了，掛在長方形漆黑的窗前。

男人的聲音很「甜」，像對著銀娣甜言蜜語，說進她的心裡，令她心旌動搖；那聲音極近，連嗓子微微沙啞都聽得清清楚楚，彷彿在她的耳邊低語。夜半孤寂時，她或許會感嘆「一個平凡和悅的男人」，可以帶給她更多的幸福。窗戶，象徵靈魂的眼睛，銀娣空虛寂寞的心靈，正如窗外「漆黑」的景，盡是黑暗與孤寂，是屬於寡婦的悲哀。

張愛玲用叫賣聲呈現銀娣的性幻想，聲音成為情欲的象徵，使小說傳達的閨怨內涵更加深刻，同時也用通感將「虛」的聲音視覺化，形容得有如實物般被「掛」著，男人的聲音彷彿能被「看」見，而張愛玲精妙的寫作技巧，也同時被我們看見了。

叢林雨林的蟲聲蛙鳴

靈長類動物（包含人類女性）在交歡時，常用聲音表達愉悅與助興的意思。延伸到自然界，叢林和雨林中物種繁多，動物們製造聲音是為了在吵雜的環境中吸引異性的注意，像白傘鐘鳥求偶的叫聲甚至比雷聲、搖滾樂聲還大。這些動物或昆蟲的叫聲，也成為張愛玲書寫情欲時運用的意象。

在〈第一爐香〉中，喬琪終於成功的上了薇龍的床，但是這段相當隱晦，將情欲的場面完全以叢林的濕熱、蟲鳴蛙聲來代替。事後，喬琪「趁著月光來，也趁著月光走」，從薇龍的陽台離開，以免被梁太太發現：

> 月亮還在中天，他就從薇龍的陽台上，攀著樹椏枝，爬到對過的山崖上。叢林中潮氣未收，又濕又熱，蟲類唧唧地叫著，再加上蛙聲閣閣，整個的山窪子像一隻大鍋，那月亮便是一團藍陰陰的火，緩緩的煮著它，鍋裡水沸了，咕嘟咕嘟的響。這崎嶇的山坡子

> 上，連採樵人也不常來。喬琪一步一步試探著走。他怕蛇，帶了一根手杖，走一步，便撥開了荒草，用手電筒掃射一下，疾忙又捻滅了它。有一種草上生有小刺，紛紛的釘在喬琪袴腳上，又癢又痛。正走著，忽然聽見山深處「呼嘔……」的一聲淒長的呼叫，突然而來，突然的斷了，彷彿有誰被人叉住了喉嚨，在那裡求救。……

「蟲類唧唧地叫著」、「蛙聲閣閣」像集體的求偶鳴叫，喬琪人在叢林，進入了一個滿是情欲氣息的地方。蛇象徵陽具，荒草象徵陰毛，帶刺的草象徵喬琪與薇龍的性愛是危險的，那聲「呼嘔」的呼叫更證實了這點，那個被「叉住了喉嚨」的人，可能指的是薇龍。

果然，薇龍很快從陽台上看到喬琪和睨兒「緊緊的偎在一起走路」，喬琪才剛離開她的床，又跟別人在一起了，薇龍氣得掐住懷中小狗的喉嚨，這時「對面山上，蟲也不叫了，越發鴉雀無聲」，象徵情欲的聲音停止了，代表薇龍掀騰的愛火與情欲，現在都已經熄滅。

在張愛玲的筆下，叢林和雨林瀰漫著情欲的氣息，呈現出詭異的氛圍，雨林中的蟲魚草木走獸，負載了剛萌發的性能量。比如在〈第二爐香〉中，羅傑與愫細的初夜，也是以雨林中的蟲鳴蛙聲來表現：

> 鐵欄杆外，挨挨擠擠長著墨綠的木槿樹；地底下噴出來的熱氣，凝結成了一朵朵多大的

> 緋紅的花，木槿花是南洋種，充滿了熱帶森林中的回憶——回憶裡有眼睛亮晶晶的黑色的怪獸，也有半開化的人們的愛。木槿樹上面，枝枝葉葉，不多的空隙裡，生著各種的草花，都是毒辣的黃色、紫色、深粉紅——火山的涎沫。還有一種背對背開的並蒂蓮花，白的，上面有老虎黃的斑紋。在這些花木之間，又有無數的昆蟲，蠕蠕地爬動。唧唧地叫喚著。再加上銀色的小四腳蛇，閣閣作聲的青蛙，造成一片怔忡不寧的龐大而不澈底的寂靜。

木槿花的花開時間很短，象徵這場性愛的時間之短，對於對性恐懼的愫細來說，不可能有持久的性愛。昆蟲「唧唧地叫喚著」，青蛙「閣閣作聲」，同樣是求偶的聲音，但是與〈第一爐香〉又不一樣。

木槿樹的草花是「毒辣」的顏色，宛如「火山的涎沫」，黃色是「老虎黃」，朦朧的暗示我們新娘子的殺傷力，這場性愛正是悲劇的關鍵。情欲是在傳宗接代的本能上產生於男女之間，使人獲得特別強烈的肉體和精神享受，但在愫細的眼中，卻是有罪和恐怖的事。

08
結構小說與鋪陳情節的樂音

——她對鏡子這一表演，那胡琴聽上去便不是胡琴，而是笙簫琴瑟奏著幽沉的廟堂舞曲。（〈傾城之戀〉）

張愛玲的小說大多有著悲觀的色彩，讓人感到人心的冷漠與內在的荒涼，這來自她有著悲劇傾向的人生觀。因為人生曾經歷的許多挫折，張愛玲總是沉溺於一種無常感，筆下小說的情節往往導向悲劇：時代的毀壞，生命的無常，人性的脆弱，成為她作品的核心。

這種悲怨的人生觀，瀰漫在張愛玲的作品裡，也注入在對聲音和音樂的描繪上，她曾在散文〈談音樂〉中說：「一切的音樂都是悲哀的。」即便人物的聽覺感受連繫的是喜悅，她的文字間，還是籠罩著淡淡的悲哀。她在〈談音樂〉中又說：「音樂永遠是離開了她自己到別處去的，到哪裡，似乎誰都不能確定，而且才到就已經過去了，跟著又是尋尋覓覓，冷冷清清。」對她來說，音樂令人難以把握，總帶著揮之不去的蒼涼感。

如雷的鋼琴聲加動作，等於激情

張愛玲描寫聲音往往另有目的，聲音常成為結構小說與鋪陳情節的內在成分，音樂是她製造高潮的重要手段，有冷、暖的表情。在〈紅玫瑰與白玫瑰〉中，佟振保在巴黎旅行的最後一天獨自走在街上，聽到有人彈奏鋼琴，感到強烈的寂寞，這時的琴音是冰冷的，是他內心的投射。

但張愛玲設計了一場激情戲，使琴聲變得火熱。故事描述嬌蕊彈起了鋼琴，振保跟著哼歌，後來換了別首曲子，他就不唱了：

> 他立在玻璃門口，久久看著她，他眼睛裡生出淚珠來，因為他和她到底是在一處了，兩個人，也有身體，也有心。他有點希望她看見他的眼淚，可是她只顧彈她的琴，振保煩惱起來，走近些，幫她掀琴譜，有意打攪她，可是她並不理會，她根本沒照譜，調子是她背熟了的，自管自從手底悠悠流出來。振保突然又是氣，又是怕，彷彿他和她完全沒有什麼相干。他挨緊她坐在琴櫈上，伸手擁抱她，把她扳過來。琴聲嘎然停止，她嫺熟地把臉偏了一偏——過於嫺熟地。他們接吻了。振保發狠把她壓到琴鍵上去，砰訇一串

混亂的響雷，這至少和別人給她的吻有點兩樣罷？

嬌蕊彈的是「影子華爾滋」，她是英國那位「玫瑰」的影子：「（振保）才同玫瑰永訣了，她又借屍還魂，而且做了人家的妻。」隨後嬌蕊換了曲子，琴聲「悠悠的」，清冷而平靜，她「自管自」的彈，彷彿心不在焉似的，這是振保無法掌握的女人。直到兩人擁抱、接吻，琴聲「砰訇一串混亂的響雷」，冰冷的琴音瞬間有了「熱」度，情欲於是醞釀而出。

鋼琴聲與人物動作的交接與疊合，是絕佳的搭配，讓振保與嬌蕊突破壓抑已久的欲望。嬌蕊「過於嫻熟」的表現，激發振保強烈的佔有欲，動作因而粗暴起來，這畫面像兩人躺在琴聲的火燄上焚燒彼此，有危險的刺激和「無恥的快樂」。透過對音樂和鋼琴本質的掌握、動作的描寫，張愛玲成功的渲染情欲的氛圍，產生別具一格的藝術效果。

胡琴聲串連情節

音樂與樂器，也在張愛玲的小說中，成為小說結構的一部分，產生推展情節的作用。結構是敘述的時間性和次序，張愛玲正是利用聲音的時間性，達到串連故事情節的效果。在〈傾城之戀〉中，胡琴聲總共出現了三次，分別在小說的開頭、情節轉折處及結尾，貫穿全篇，使故事前後呼應成為完整的「圓」。胡琴聲依不同情節的需要，就象徵不同的意義。

在小說的開場，白四爺孤獨的坐在黑沉沉的破陽台上拉胡琴，而不是由「光艷的伶人」來搬演，點出白家的敗落。悠悠的胡琴聲帶出淒涼的氛圍，定義了整篇小說「蒼涼」的基調：

胡琴咿咿啞啞拉著，在萬盞燈的夜晚，拉過來又拉過去，說不盡的蒼涼的故事——不問也罷！

故事一開始就說，白公館的時鐘比別人慢了一小時，「他們唱歌唱走了板，跟不上生命的胡琴」，暗示白家思想上的落後。故事敘述流蘇與丈夫離異，住在娘家，後來流蘇的積蓄用盡，家人就將她視為負擔。

這天，白家人說流蘇前夫病逝，流蘇應該要回前夫家奔喪、守寡，還要她挑個前夫的姪子過繼來，等著繼承家產或看守祠堂過日子，因為「生是他家的人，死是他家的鬼」。流蘇不願意屈從家人的傳統觀念，執意反抗，故事就透過胡琴的聲音，為這個傷心的女子揭開序幕。

後來，流蘇得知妹妹寶絡有了不錯的相親對象，便在房間端詳鏡子裡的自己，覺得自己的外貌仍然年輕貌美、有希望，這時胡琴聲又幽幽的傳來，心底的「廟堂舞曲」跟著響起，呈現她的心理轉折：

> 依著那抑揚頓挫的調子，流蘇不由得偏著頭，微微飛了個眼風，做了個手勢。她對鏡子這一表演，那胡琴聽上去便不是胡琴，而是笙簫琴瑟奏著幽沉的廟堂舞曲。她向左走了幾步，又向右走了幾步，她走一步路都彷彿是合著失了傳的古代音樂的節拍。她忽然笑了——陰陰的，不懷好意的一笑，那音樂便嘎然而止。外面的胡琴繼續拉下去，可是胡琴訴說的是一些遼遠的忠孝節義的故事，不與她相關了。

蒼涼的胡琴聲轉為幽沉的廟堂舞曲，流蘇瞬間變成風華絕代的女伶，踩著音樂擺出種種舞姿，因為這次她決定當自己的女主角，用盡手段誘惑妹妹的相親對象。她走路彷彿合著「失了傳的古代音樂的節拍」，像是說一個沒有謀生能力的女人，能運用的就是最傳統、最原始的武器——「美色」，流蘇的美於是變得有點悲哀。

胡琴拉的那些「忠孝節義」的故事，都與流蘇無關了，因為無情的兄嫂、漠不關心的母親，都令她失望透頂，她只能為自己著想，不再盡忠孝之義，她要爭取自己的幸福。胡琴聲到心聲之間的轉換，就是流蘇心理轉變的過程，從對鏡子審視自己到下定決心，逐步往前推進。

後來范柳原與流蘇遇到香港戰爭，在生死一瞬間的情況下，產生生命無常的心理，讓柳原改變原本不婚的態度而與流蘇結婚。香港的陷落成全了流蘇，照理說，是個圓滿的收場，但胡琴聲又再度響起了：

胡琴咿咿啞啞拉著，在萬盞燈的夜晚，拉過來又拉過去，說不盡的蒼涼的故事——不問也罷！

故事以蒼涼的胡琴聲結束，說明這是個不完美的結局。「萬盞燈的夜晚」，是上海這個繁華城市的表象，故事的結局也僅是表面上的圓滿，底下的真實才是蒼涼與缺憾，這是平凡生活的寫照。然而流蘇是最實際的女人，她能理解真實的生活面貌，就算柳原婚後不再跟她說俏皮話，把話「省下來說給旁的女人聽」，她也能笑吟吟的、安然的生活下去。

在結構上，胡琴聲將故事分為三個層次：先在小說的開頭拉開序幕，有提示的作用，然後設置在情節的轉折處，表現流蘇心意的變化，最後迴盪在小說的結尾，留下蒼涼的餘韻。對張愛玲來說，這才是人生的真相。

象徵命運的三絃聲

〈傾城之戀〉裡的胡琴聲，訴說的是現實人生的缺憾，而《怨女》中，算命瞎子彈奏的三絃聲，同樣有預示人物命運和推展情節的作用。

《怨女》是根據〈金鎖記〉改寫的長篇小說，女主角銀娣是另一個七巧，對於銀娣的命運，張愛玲在第二章就埋下了伏筆，寫她坐在櫃台後面拿隻鞋面鎖邊，針腳交錯，叫「錯到底」，像一齣「苦戲」，銀娣就是這齣人生苦戲的女主角。隨後，銀娣聽見遠處傳來了三絃聲：

> 算命瞎子走得慢，三絃聲斷斷續續在黑瓦白粉牆的大街小巷穿來穿去，彈的一支簡短的調子再三重複，像迴文錦卍字不斷頭。聽在銀娣耳朵裡，是在預言她的未來，彎彎曲曲的路構成一個城市的地圖。

三絃聲斷斷續續、迴環轉折、飄忽幽渺，再三的重複著曲調，暗示銀娣的人生就如這樂聲一般地曲折，並且將重複不幸的命運。

接著，故事的焦點放在算命瞎子「算」出來的命運。算命算的是銀娣的外婆，實際上說的卻符合銀娣的命運。算命的說：「算得你年交十四春，堂前定必喪慈親。」銀娣的母親早逝，她傷心如果母親在世的話，就不致於遭兄嫂欺負。算命的又說：「算得你年交十五春，無端又動紅鸞星。」這點算外婆或銀娣都不準。

但算命的又說：「有一個兒子可以『靠老終身』。」便與銀娣的未來暗合。算命的最後說：「終身結果倒是好的。」卻「嘆了口氣」，暗示銀娣的終身雖好，卻有所缺憾。果然銀娣的晚年雖然不虞匱乏，卻眾叛親離、感情貧乏。三絃聲的調子一再重複，象徵銀娣注定要重複不幸的命運：為了錢，她將所有人的情感斷絕，包括愛人與親人，走向孤寂的人生。

當算命先生走後，外婆便向銀娣提起小劉家提親一事，這時算命的卻又轉回來了，三絃聲再度響起：

> 遠遠聽見三絃琤琮響，她在喜悅中若有所失。她不必再想知道未來，她的命運已經註定了。

這次的三絃聲，像在提醒銀娣如何選擇，她更清楚自己的意願了：不願嫁給沒有多大出息的小劉，更不願跟著小劉母親住在鄉下，成了兄嫂的窮親戚，她要終身有靠，於是決定嫁入姚家。

張愛玲藉著三絃聲傳達宿命論，說明人無法扭轉命運。銀娣以金錢為標準選擇婚姻，但她忽略人生中更有價值的情感，於是毀於金錢勢利的衡量，造成悲哀的一生。三絃聲在小說中起著推展情節的作用，開頭用以預告命運，而後將「銀娣決定婚姻」的情節作了收束。

張愛玲能運用聲音來結構小說與鋪陳情節，將文字譜成哀怨與悲調的樂音，她的小說迴盪著哀愁，所有故事裡出現的聲音，以及與音樂、樂器有關的描寫，大多都圍繞著人生無可奈何、寂寥清冷的悲愁。

09 譜寫人物、刻畫個性的心曲

——七巧低著頭，沐浴在光輝裡，細細的音樂，細細的喜悅……這些年了，她跟他捉迷藏似的，只是近不得身，原來還有今天！（〈金鎖記〉）

對張愛玲來說，聲音不只是情感濃烈的語言，她也透過聲音去感受，或指引讀者感受精確的情感。她在散文〈道路以目〉認為，包含音樂在內，一切的聲音都應該具有「人性」，這是她對音樂的要求，同時從鑑賞音樂的角度來看，這樣的聲音更具有吸引力：

偉大的音樂是遺世獨立的，一切完美的事物皆屬於超人的境界，惟有在完美的技藝裡，那終日紛呶的，疲乏的「人的成分」能夠獲得片刻的休息。在不純熟的手藝裡，有掙扎，有焦愁，有慌亂，有冒險，所以「人的成分」特別的濃厚。我喜歡它，便是因為「此中有人，呼之欲出」。

「此中有人，呼之欲出」，是張愛玲對音樂乃至一切聲音的審美情感的這項特質，就成為她表現人物情緒的手段之一。

觀，她企圖引領我們，從小說的聲音中去理解人情、感受人生。其中，音樂能影響情緒、表現

口琴聲象徵絕望

〈金鎖記〉裡的長安吹口琴，象徵傳統女性在「上學堂」與「結婚」這兩件終身大事破滅後的絕望。

傳統女性的命運是一輩子相夫教子，結婚是女人的事業，受教育則是奢侈品[3]。七巧讓長安進學堂受教育，是為了要和別房的子女比較，但是又心疼花費，動輒到學校找校長理論，讓人看笑話。最後長安決定保全自尊，犧牲了上學堂的機會，她自認為這種犧牲是「一個美麗的，蒼涼的手勢」。那晚，長安在漆黑的夜裡吹口琴，口琴聲象徵她的心境：

她從枕頭邊摸出一隻口琴，半蹲半坐在地上，偷偷吹了起來。猶疑地，Long，Long，Ago的細小的調子在龐大的夜裡裊裊漾開，不能讓人聽見了。為了竭力按捺著，那嗚嗚

3 張愛玲在〈花凋〉中說：「女兒的大學文憑原是最狂妄的奢侈品。」

的口琴忽斷忽續，如同嬰兒的哭泣。她接不上氣來，歇了半晌。窗格子裡，月亮從雲裡出來了。墨灰的天，幾點疏星，模糊的狀月，像石印的圖畫，下面白雲蒸騰，樹頂上透出街燈淡淡的圓光。長安又吹起口琴。「告訴我那故事，往日我最心愛的那故事，許久以前，許久以前……」

上學堂是美好的回憶，但今後長安只能當成往事回味，就像石印圖畫裡的月亮，美麗卻陳舊。在小說中，這是長安第一次犧牲，「猶疑地」代表她曾自我懷疑，覺得不值得。「嗚嗚」的口琴聲，象徵長安如嬰兒般無助哭泣，她的犧牲不是被描寫成壯烈的，而是脆弱與孤苦。口琴聲代替了哭聲，很細小，在龐大、漆黑的夜裡迴盪，更顯得悲愴。

後來，長安「漸漸放棄了一切上進的思想，安分守己起來」，直到三房親戚為她安排相親，認識了童世舫，進而訂婚，這是她離結婚最近的時候。長安、世舫開始戀愛，和許多戀人一樣在公園散步，但象徵不幸的「通道」意象出現了：「他們走的是寂寂的綺麗的迴廊——走不完的寂寂的迴廊。」預告兩人談的是沒有結果的戀情。

果然七巧擔心家產落入未來的女婿手中，對女兒的婚事加以阻撓，長安被迫斬斷情絲，對世舫提出退婚，這時口琴聲又悠悠響起：

長安悠悠忽忽聽見了口琴的聲音，遲鈍地吹出了Long，Long，Ago——「告訴我那故事，往日我最心愛的那故事。許久以前，許久以前……」這是現在，一轉眼也就變了許久以前了，什麼都完了。長安著了魔似的，去找那吹口琴的人——去找她自己。迎著陽光走著，走到樹底下，一個穿著黃短褲的男孩騎在樹椏枝上顛顛著，吹著口琴，可是他吹的是另一個調子，她從來沒聽見過的。

象徵「絕望」的口琴聲第二度自長安的心底響起，是為了結婚夢想的破滅。「遲鈍地」指長安對類似的事情雖感心痛，但是在人生的夢想幾度消滅之後，她也漸漸麻木了，現在她的絕望感更深，因為「什麼都完了」。

長安著了魔似的出現幻聽，她聽見的不是男孩吹的調子，而是之前自己曾吹奏的歌曲，舒緩的音調將長安捲入過去，許久以前的故事在她的身上重演，她屬於悲哀的過去，而不是現在或未來——她沒有未來。

琵琶聲是女子的怨歌

口琴聲象徵長安對夢想破滅的絕望，琵琶奏的則是女子的怨歌，在《半生緣》裡，為顧曼楨演出哀傷的心曲。

在曼璐的設計下，曼楨被祝鴻才強暴而懷孕，為了孩子，不得已嫁給祝鴻才，婚姻生活有如行屍走肉，直到她偶然在銀行門口見到世鈞，那瞬間，才更清楚地意識到自己的悲苦。曼楨回家倒在床上，「只管一抽一提的哭著」，四下清寂，只聽見無線電傳來琵琶的聲音：

> 曼楨躺在床上，房間裡窗戶雖然關著，依舊可以聽見衖堂裡有一家人家的無線電，叮叮咚咚正彈著琵琶，一個中年男子在那裡唱著，略帶點婦人腔的呢喃的歌聲，卻聽得不甚分明。那琵琶的聲音本來就像雨聲，再在這陰雨的天氣，隔著雨遙遙聽著，更透出那一種淒涼的意味。

外面陰雨連綿，淒涼的琵琶聲就像雨聲，象徵曼楨的哭聲，雨水則是淚水；無線電裡，中年男人用婦人腔的假音唱著歌，讓人感到不舒服，對應曼楨那死灰色的人生，故事便瀰漫著悲哀的感覺。

琵琶的聲音淒涼，是音樂上的特色，文學中多以琵琶作為女性幽怨的象徵，如唐．杜甫〈詠懷古跡五首〉：「千載琵琶作胡語，分明怨恨曲中論。」琵琶聲吐露王昭君對和番的怨恨。又如唐．李頎〈古從軍行〉：「行人刁鬥風沙暗，公主琵琶幽怨多。」詩的背景見於石崇

〈王明君辭序〉：「昔公主嫁烏孫，令琵琶馬上作樂，以慰其道路之思。」

漢武帝時，江都王劉建的女兒劉細君遠嫁烏孫國王昆莫，怕她在途中煩悶，所以彈琵琶，描述遠嫁的幽怨之情。又如唐代白居易的〈琵琶行〉：「絃絃掩抑聲聲思，似訴平生不得志。低眉信手續續彈，說盡心中無限事。」商人婦自訴身世，所彈奏的琵琶音調襯托幽怨的心情，充滿無限的愁思。

除了淒涼的音色，琵琶的音質清脆、亮麗、穿透力強，能彈奏《淮陰平楚》（《十面埋伏》）之類的曲目，樂曲內容壯麗輝煌，風格雄偉奇特，充分表現古代戰爭的激烈戰況。淒涼與激越，都是琵琶的音樂特色。

命名琵琶別有象徵

琵琶聲音激越的特色，即使悲歌一曲也還是不平之鳴，而非隱忍深藏的哀傷，張愛玲或許深刻地體會到「琵琶怨」，於是運用琵琶將她悲傷幽怨的成長歷程娓娓道來，在自傳小說《雷峰塔》與《易經》中，以樂器為名，化身為女主角「琵琶」自訴身世。

故事敘述琵琶經歷被繼母挑撥、父親的責打與囚禁後，逃去與母親、姑姑同住，卻又面對母親在金錢上對她的諸多抱怨，種種積怨，促使琵琶發出不平之鳴：

琵琶儘量不這樣想。有句俗話說：「恩怨分明」，有恩報恩，有仇報仇。她會報復她父親與後母，欠母親的將來也都會還。許久之前她就立誓要報仇，而且說到做到，即使是為了證明她會還清欠母親的債。她會將在父親家的事畫出來，漫畫也好……

琵琶果然認真的「復仇」，她畫了幅「蘇州河南大戰」圖，投稿到報社，圖的背景是她被父親囚禁期間，從窗戶看到的一場大火。圖畫被刊登出來時，她卻生病了，病中收到報社主編寄來的花籃，這花籃彷彿是說：「當她是『蘇州河南大戰』的戰鬥英雄，英勇負傷，奄奄一息。」琵琶復仇的首戰得到輝煌的勝利。

琵琶在顛簸的人生中奮戰，傷痕累累，報社花籃裡枯死的大麗花、乾掉的菊花、縮扭得像衛生紙的劍蘭，像呈現戰鬥過後一片殘破衰敗的景象，但戰士的心是喜悅的，她渾身發著光：「喜悅轟隆一聲冒上心頭。發燒燒得臉紅腫，現在像鍍金的神像亮澄澄的。」因為戰士得到了勝利。

琵琶作為樂器，聲音不只悲戚、哀婉，同時柔中帶剛，具有堅強剛勁的精神，正吻合小說主角琵琶的性格。張愛玲將人物的名字、琵琶音色的特質與人物的個性、命運結合起來，使人物的形象更生動、情感更深刻。

興奮的心聲與壓抑的哭聲

英國文學家約翰・密爾頓（John Milton）在其詩劇《柯馬斯》（Comus）中說：「我豎起耳朵，傾聽可能創造靈魂的苦痛，在死亡的橫樑下。」心，彷彿是居住在我們胸腔之下的精靈，時刻傾聽人的心聲，而音樂總能將之洩漏出來，傳遞更深層的情感。

張愛玲時常用音樂或聲音為人物譜寫心曲，表露人物的情緒或心聲。比如〈第二爐香〉裡以音樂和蟬聲，形容羅傑迎娶愫細前的快樂心情：

也許那是個晴天，也許是陰的；對於羅傑，那是個淡色的，高音的世界，到處都是光與音樂。他的龐大的快樂，在他的燒熱的耳朵裡正像夏天正午的蟬一般，無休無歇地叫著：「吱……吱……吱……」一陣陣清烈的歌聲，細，細，細得要斷了；然而震得人發聾。

「高音」、「光與音樂」，象徵興奮和愉悅，用來形容羅傑「龐大的快樂」；而夏日的蟬聲是熱烈的、歡鬧的，是撲天蓋地的，生動地傳達羅傑即將成為新郎、卻又必須暫時壓抑住的那種興奮之情。但是在「一陣陣清烈的歌聲」之後，卻用「斷了」、「震得人發聾」等字眼，以具有破壞性的暗示，預告羅傑與愫細的婚姻將遭遇巨大的變故。

果然在新婚之夜，愫細不能接受男女之間的親密關係，驚慌逃走，四處宣揚此事，羅傑於是被不明究理的眾人認定是「神經病」、「色情狂」，嚴重傷害名譽。後來，巴克校長告知羅傑必須辭去教職，他的反應是：

> 巴克走了之後，羅傑老是呆木木地，面向著窗外站著，依然把兩隻大拇指插在袴袋裡。其餘的手指輕輕拍著大腿。跟著手上的節奏，腳跟也在地上磕篤磕篤敲動。他藉著這聲浪，蓋住了他自己斷斷續續的抽噎。他不能讓他自己聽見他自己哭泣！其實也不是哭，只是一口氣一時透不過來。

羅傑只是一個想與新婚妻子圓房的「正常的男人」，但妻子錯誤的性觀念，加上娘家散播謠言的行徑，把他塑造成一個「變態」。羅傑感到憤怒、委屈，這種床笫的欲求、被新娘拒絕的痛苦，難以開口對人訴說，在他心中蒙上深重的悲哀。這種悲哀，藉由拍擊大腿的聲響表現出來，這隱忍、強自壓抑的悲傷，比起大哭、號哭更悽慘，更撕心裂肺。就這樣，人物的情緒透過聲音描寫，被帶到了最高點。

細細的音樂是七巧的喜悅

在〈金鎖記〉裡，季澤對七巧情意綿綿的告白：「我只求你原諒我這一片心。我為你吃了這些苦，也就不算冤枉了。」讓七巧的心中充滿了暈眩的喜悅，也是用音樂來呈現：

七巧低著頭，沐浴在光輝裡，細細的音樂，細細的喜悅……這些年了，她跟他捉迷藏似的，只是近不得身，原來還有今天！

「細細的音樂」是七巧的「心聲」，呈現她對季澤殘餘的愛戀。然而她內心固然喜悅，在經過了太久的等待後，已經醞釀了太多的猜疑、顧慮和心理掙扎，這時季澤的柔情告白，已無法勾動七巧心中的激情了；現在她的喜悅，只能是歷經滄桑之後的，摻雜了悲哀與幽怨。

九莉的幸福感如嘹亮的音樂

在張愛玲的自傳小說《小團圓》裡，九莉與之雍熱戀，兩人一邊依偎著，一邊聆聽無線電傳來的流行歌曲，那時九莉覺得：

寂靜中聽見別處無線電裡的流行歌。在這時候聽見那些郎呀妹的曲調，兩人都笑了起來。高樓上是沒有的，是下面街上的人家，但是連歌詞的套語都有意味起來。

……

她覺得過了童年就沒有這樣平安過。時間變得悠長，無窮無盡，是個金色的沙漠，浩浩蕩蕩一無所有，只有嘹亮的音樂，過去未來重門洞開，永生大概只能是這樣。

「郎呀妹」的曲調相當應景，呼應他們的兩情相悅，充滿了幸福感，與愛人在一起，就只有彼此，別無其他。這段聲音描寫，將九莉心中滿溢的愛給音樂化了，愛情宛如一曲悠揚的電影配樂，作為九莉與之雍的背景，襯托她的心情是「嘹亮」的，屬於幸福時刻所獨有。

電話鈴聲象徵敦鳳的焦慮

〈留情〉中的敦鳳乍看之下是好命的，楊老太太也這麼認為，但是各人有各人的苦，敦鳳自然也有。敦鳳嫁給有錢的米先生當姨太太，連結婚證書都有了，只不過兩人中間隔著一個大房太太，這是她心裡的疙瘩。

現在米太太重病，成為米先生的牽掛，這個疙瘩便擴大了，對敦鳳來說，丈夫的心思和人一直往大房跑，讓她分外焦慮，這心情就透過電話鈴聲傳達出來，彷彿米先生正在懇求，而她拒絕聆聽：

> 敦鳳獨自坐在房裡，驀地靜了下來。隔壁人家的電話鈴遠遠地在響，寂靜中，就像在耳邊：「葛兒鈴……鈴！葛兒鈴……鈴！」一遍又一遍，不知怎麼老是沒人接。就像有千言萬語要說說不出，焦急、求懇、迫切的戲劇。敦鳳無緣無故地為它所震動，想起米先生這兩天神魂不定的情形。他的憂慮，她不懂得，也不要懂得。她站起身，兩手交握著，自衛地瞪眼望著牆壁。「葛兒鈴……鈴！葛兒鈴……鈴！」電話還在響，漸漸淒涼起來。連這邊的房屋也顯得像個空房子了。

急促的電話鈴聲，象徵米先生對敦鳳的懇求，他憂慮老妻的病況，又要顧慮敦鳳的感受，這份「焦急、求懇、迫切」的心情，就轉化為電話鈴聲不停的響，讓敦鳳困擾極了，像是說她有意的阻擋丈夫，大房對她真是個威脅，她怕，也很防衛，所以「兩手交握著，自衛地瞪眼望著牆壁」。

張愛玲以聲音描寫人物的心理、刻畫個性，傳遞人物的心聲和情感，也藉著聲音書寫更深入的人性主題。她的手法多樣，有時以音樂的表現力及音色來呈現，有時「以聲喻人」，利用樂器的特色與人物的性格相連結，這樣與「人」緊密結合的描寫，正是張愛玲「此中有人，呼之欲出」的審美主張，我們隨著小說裡的文字音符，也能感受到人生中的各種滋味。

10
用聲音塑造人物形象

——棠倩的帶笑的聲音裡彷彿也生著牙齒，一起頭的時候像是開玩笑地輕輕咬著你，咬到後來就疼痛難熬。（〈紅鸞禧〉）

人物是故事的靈魂，不論是電影還是小說，共同的特點，就是塑造出有血有肉、生動感人的人物形象。張愛玲除了從視覺描寫人物，也常運用看不見、摸不著的「聲音」來描寫，以日常的聲音或音樂刻畫人物的形象，讓聲音與人物形象貼切地結合起來，刺激我們的感官，豐富聯想。

蟲聲、蛙聲影射「鼠輩」

在《赤地之戀》裡，工作隊的負責人張勵是一個反面人物，他有人的外表，做的卻是邪惡之事，他仗著職務之便欺壓劉荃、輕薄黃娟，主導整個韓家坨的悲劇，造成許多農民、地主慘死。

為了突顯張勵陰險的性格，張愛玲藉著劉荃、張勵同寢室的機會，描寫劉荃聆聽屋裡、屋外的各種聲響，點出張勵的為人：

院子裡唧唧嘓嘓的蟲聲，加上雨後的蛙聲，響成一片。屋子裡面又常有一種枯嗤枯嗤撲喇撲啦的聲音，也不知道是老鼠是蝙蝠？還是風振著那破爛的窗子，使人聽著心裡老是不能安定。

工作上常受張勵刁難的劉荃，心裡很不好受：「大概張勵嫌他鋒芒太露了，故意當著人挫折他一下，好在工作隊裡建立起威信來。」引文中先寫劉荃與張勵同寢一室，劉荃疑慮不安，留意到窗外的各種聲響，但這些聲響使他更加不安。老鼠影射「鼠輩」，蝙蝠象徵「邪惡」，張愛玲「以聲喻人」，藉著寫蟲聲、蛙聲，點出張勵為人的奸險陰暗，使他邪惡的形象更為突出，而劉荃的不安，也透過窗外的聲音不著痕跡地透露出來。

鼾聲宛如食夜獸

以聲音刻畫人物性格的手法，也見於《秧歌》。故事的反面人物王霖，是失意的青年資深幹部，在各種鬥爭運動的縫隙中求生存；他是一個刻薄寡恩的人，對農民濫用體刑是他常用的手段。張愛玲以眾人在寢室酣睡為場景，藉著描寫王霖的鼾聲，塑造他貪婪、殘忍的形象：

王同志回房睡覺的時候大概已經是深夜了。顧岡睡得糊裡糊塗的，彷彿聽見床上的鋪板吱吱響著，又聽見吐痰的聲音。燈吹滅了。然後那鼾聲把他整個地吵醒了。聽上去這人彷彿在牛飲著——把那濃冽的黑夜大口大口地喝下去，時而又停一停，發出一聲短短的滿足的歎息。

王霖彷彿化身為上古的怪獸，貪婪的吞噬黑夜。張愛玲用神話的筆法加上聲音描寫，將王霖描繪成「食夜獸」，黑夜都給他吃了，人們更無法期待光明的到來，暗示在這類幹部治下的農村有如「非人世界」。王霖那牛飲黑夜般的鼾聲聽來可怖，那聲短而滿足的嘆息，也使人不寒而慄。

《秧歌》的主題是「飢餓」，農民除了因為收成不好而挨餓，還要受到這些幹部的剝削，王霖代表的正是這群剝削者。黑夜通常是「死亡」的象徵，但黑夜過後就是黎明，因此又象徵「新的開始」，但是王霖的鼾聲彷彿將黑夜給吞噬了，代表「新的開始和希望」也被他吞噬，有這樣的人存在，農民對未來無法再抱持任何希望。

金色鈴聲與紹興戲的文化對照

在張愛玲的筆下，人物有時被賦予「音樂性」，人物化為音符，用來形容外在的形象，比如〈年輕的時候〉的沁西亞，從聲音、頭髮到衣服都如同音樂，她的氣質因此呈現出青春靈動之感。

潘汝良在無意間發現女打字員沁西亞的側臉，與他常畫的側臉相似，因而沁西亞在汝良的心中純潔有如「聖母像」。張愛玲先從汝良的視角看沁西亞的形象，再用聲音來形容她的衣著：

> 報紙上的手指甲，紅蔻丹裂痕斑駁。汝良知道那一定是校長室裡的女打字員。她放下報紙，翻到另一頁上，將報紙摺疊了一下，伏在檯上看。頭上吊下一嘟嚕黄色的鬈髮，細格子呢外衣。口袋裡的綠手絹與襯衫的綠押韻。

綠色是青春的顏色，「綠的押韻」就像是有無數綠色的音符，點綴在沁西亞的手絹和襯衫上，使她整個人都青春活潑起來。

兩人認識以後，相約要幫對方補習，後來汝良在約定的日子趕赴與沁西亞的約會，他心裡充滿快樂，對她湧現美好的幻想。在這裡，再以鈴聲連結沁西亞的頭髮：

野地裡的狗汪汪吠叫。學校裡搖起鈴來了。晴天上憑空掛下小小一串金色的鈴聲。沁西亞那一嘟嚕黄頭髮，一個鬈就是一隻鈴。可愛的沁西亞。

鈴聲清脆、明亮，加上燦爛的顏色，就有美好的意思，如形容好聽的笑聲為「銀鈴般的笑聲」。金色的鈴聲從天而降，也令人聯想到聖誕鈴聲傳來佳音，美好的女子與美好的聲音一樣悅人。

一般描寫美人多由視覺著手，張愛玲卻更上層樓，在悅目之外更有音聲之美的描繪，描寫汝良「情人眼裡出西施」的欣悅之情和沁西亞的美麗，情感躍然於紙上。不論是衣服或頭髮，在張愛玲的筆下多能轉化為音符或旋律，人物形象就更具有個性與魅力。

張愛玲又進一步用音樂與聽戲，將沁西亞和汝良的母親對照，突顯他的價值觀。汝良認為，與沁西亞有關的一切都是純潔、可愛、賞心「悅耳」的，但他母親卻是聽紹興戲、叉麻將、沒受過教育，被舊禮教婚姻壓迫的可憐女人。汝良聽到無線電裡傳來的紹興戲，從戲曲之聲有所省悟：

自行車又經過一家開唱紹興戲的公館，無線電悠悠唱下去，在那寬而平的嗓門裡沒有白天與黑夜，彷彿在白晝的房間點上了電燈，眩暈、熱鬧、不真實。紹興姑娘唱的是：「越思越想越啦懊啊悔啊啊！」穩妥的拍子。汝良突然省悟了：紹興戲聽眾的世界是一個穩妥的世界——不穩的是他自己。

汝良認為紹興戲是「文化的末日」，雖然是穩妥的拍子、穩妥的世界，但一成不變，母親愛聽的東方音樂，是喜愛爵士樂那種「輕快、明朗、健康」的汝良不能接受的，所以他不要母親這類女性，而愛上象徵西方文化之美的沁西亞。

潘汝良的母親與沁西亞，在他心中正是東方與西方、傳統與進步的對照，張愛玲透過訴諸聽覺的紹興戲與爵士樂，突顯這兩種文化的差異，也點出潘汝良的文化偏見，在這樣的偏見下，擁有一頭宛如「金色鈴聲」頭髮的沁西亞，正是汝良期待已久的夢想。

敦鳳膩搭搭的語聲

聲音也有自己的「表情」，能透露說話者的年齡、情緒、態度、個性甚至健康狀態，具有

「標誌性」，適合用於塑造人物的形象。張愛玲著重刻畫人物說話或唱歌的聲調與音色，揭露他們的性格和出身背景，而描寫人物的鼾聲、語聲，就是在影射其人品，這是一種極具辨識力的方式，能喚起我們的想像，在腦海形成畫面。比如〈留情〉裡的敦鳳對傭人說話：

她和傭人說話，有一種特殊的沉澱的聲調，很蒼老，脾氣很壞似的，卻又有點膩搭搭，像個權威的鴇母。

敦鳳是米先生的姨太太，她的語聲特色和她的生活環境有關：「她從小跟著她父親的老姨太太長大，結了婚又生活在夫家的姨太太群中，不知不覺養成了老法長三堂子那一路的嬌媚。」敦鳳說話帶有這樣的聲腔，心態上也是姨太太的心態，「膩搭搭」將她柔媚的語調形容得極為生動。

曼璐尖銳刺耳與嬌滴滴的嗓音

又如《半生緣》裡，曼璐講電話的語聲在柔媚中帶著尖銳，與她的性格相合：

她那嗓子和無線電裡的歌喉同樣地尖銳刺耳，同樣地嬌滴滴的，同樣地聲震屋瓦。

張愛玲刻意將幾種不搭調的音色，如「尖銳刺耳」、「嬌滴滴」並列、對照，突出曼璐形象的衝突性。「嬌滴滴」象徵曼璐的舞女身分，需要柔媚嬌俏、取悅客人；「尖銳刺耳」與「聲震屋瓦」，加上她衣裳上的「淡黑色手印」，暗示她性格中的陰暗面，頗令人恐懼。

而曼楨聽見曼璐的笑聲「倒有一些蒼老的意味，曼楨真怕聽那聲音」，反映曼楨的內心對曼璐又愛又怕的心情：一方面，為曼璐犧牲自己照顧家庭的過往感到歉疚；另一方面，因為身為舞女的曼璐世界太過複雜，曼楨對她又有某種潛藏在內心深處、莫名的憂懼。

七巧刮傷人的嗓音

再如〈金鎖記〉裡的七巧，在兒子長白的新婚之夜，也用她特殊的嗓音說話，陰損媳婦芝壽：

> 七巧哼了一聲，將金挖耳指住了那太太，倒剔起一隻眉毛，歪著嘴微微一笑道：「天性厚，並不是什麼好話。當著姑娘們，我也不便多說——但願咱們白哥兒這條命別送在她

> 手裡！」七巧天生著一副高爽的喉嚨，現在因為蒼老了些，不那麼尖了，可是扁扁的依舊四面刮得人疼痛，像剃刀片。這兩句話，說響不響，說輕也不輕。人叢裡的新娘子的平板的臉與胸震了一震——多半是龍鳳燭的火光的跳動。

七巧用「剃刀片」般的語聲，和幾句語帶有色情意味的話，就殺人於無形，重傷了芝壽。跳動的燭光，暗示芝壽驚嚇、恐懼的心理反應。之後，七巧告訴世舫他的未婚妻長安抽鴉片，那時的語聲，也割得人疼痛：

> 隔了些時，再提起長安的時候，她還是輕描淡寫的把那幾句話重複了一遍。她那平扁而尖利的喉嚨四面割著人像剃刀片。

運用動詞的「刮、剃、割」，形容語言和聲音一樣傷人，令人感到揪心，產生遍及周身的難耐與不安，讓我們對七巧的狠毒印象深刻。

棠倩笑裡藏「齒」

而在〈紅鸞禧〉中，棠倩的笑聲裡頭藏著牙齒，則是一個新穎的比喻，用來形容單身女子找不到對象的尷尬心情，帶著諷刺的意味。

棠倩是玉清的表妹，她和妹妹梨倩在婚宴上尋找可能的對象，因為玉清的婆家是「新發跡的」，來往的賓客想必條件也很理想。張愛玲說她姊妹「歲數大了，自己著急，勢不能安分了」、「棠倩是活潑的，活潑了這些年還沒嫁出，使她喪失了自尊心」，接著費了一段筆墨形容她的笑：

> 她的圓圓的小靈魂破裂了，補上了白磁，眼白是白磁，白牙也是白磁，微微凸出、硬冷、雪白、無情，但仍然笑著，而且更活潑了。
>
> 棠倩的帶笑的聲音裡彷彿也生著牙齒，一起頭的時候像是開玩笑地輕輕咬著你，咬到後來就疼痛難熬。

七巧的聲音會割傷別人，但棠倩的笑聲是會咬傷自己，「沒有人請棠倩跳舞。棠倩仍舊一直笑著，嘴裡彷彿嵌了一大塊白磁，閉不上」，單身女子的寂寞是一種內傷。男人在宴會上獵豔，女人也是，但落空的女人是落寞的，沒有人能夠理解她強裝出來的笑容，和呆站著等待的心情。

張愛玲藉著聲音捉摸不定的特性，塑造小說的世界，她以聲音書寫人物、反映人心、揭露人性，尤其在她晚期的作品《秧歌》與《赤地之戀》中，運用了眾多的聲音意象，描繪恐怖的鬼域之聲。小說中的聲音透過她的想像，化為繽紛的意象，使我們閱讀她的文字，也能體會到她對小說裡的個人、家庭、婚姻、社會的種種看法，從而對寓意有了深刻的理解。

第三卷

氣味

氣味總是暫時的，偶爾的；長久嗅著，即使可能，也受不了。所以氣味到底是小趣味。而顏色，有了個顏色就有在那裡了，使人安心。顏色和氣味的愉快性也許和這有關係。

——張愛玲〈談音樂〉

01 氣味，溫和與滄桑的美感

——張愛玲的小說也有氣味，那是一種具有滄桑感的溫和的氣味。（遲子建〈小說的氣味〉）

一八七一年，知名的法國香水商人李梅爾（Eugene Rimmel）在《香水之書》（*The Book of Perfumes*）中提出：「傳聞中，香水的有害物質與想像力有極大的關聯。」事實上，有許多作家以想像力書寫氣味聞名，比如德國作家徐四金（Patrick Suskind）著名的小說《香水》（*Perfume:The Story of a Murderer*），敘述天生沒有體味的葛奴乙，為了發掘自我存在，「聞香尋人」進行一連串的謀殺，就是用絕佳的想像力，營造魔幻般的非現實情節，成為嗅覺小說的經典。

嗅覺是沉默的知覺，一種有距離的感官，一如螞蟻雄兵，浩浩蕩蕩湧入大腦掌管情緒的區域，我們因而能夠感覺、產生欲望，進而引發創作的意念。藝術家在創作時需要想像力的驅使，而氣味的特性之一，就是能左右人們的情緒以及誘發想像，張愛玲無疑是深諳於此道的寫作者。

張愛玲與氣味

美國的小說家賽珍珠（Pearl S. Buck）曾說：「不論在哪個領域，真正有創造力的心靈不外乎如此：一個天賦異稟、極端敏感的人。」張愛玲的創作往往得於自身的天賦與生活經驗，她曾在散文〈談音樂〉以較長的篇幅，熱切地提及自己有個靈敏的鼻子，訴說她著迷於特殊氣味：

> 別人不喜歡的有許多氣味我都喜歡，霧的輕微的霉氣，雨打溼的灰塵，蔥蒜，廉價的香水。像汽油，有人聞見了要頭昏，我卻特意要坐在汽車夫旁邊，或是走到汽車後面，等它開動的時候「布布布」放氣。每年用汽油擦洗衣服，滿房都是那清剛明亮的氣息；我母親從來不要我幫忙，因為我故意把手腳放慢了，儘著汽油大量蒸發。牛奶燒糊了，火柴燒黑了，那焦香我聞見了就覺得餓。油漆的氣味，因為簇嶄新，所以是積極奮發的，彷彿在新房子裡過新年，清冷，乾淨，興旺。火腿鹹肉花生油擱得日子久，變了味，有一種「油哈」氣，那個我也喜歡，使油更油得厲害，爛熟，豐盈，如同古時候的「米爛陳倉」。香港打仗的時候我們吃的菜都是椰子油燒的，有強烈的肥皂味，起初吃不慣要

嘔，後來發現肥皂也有一種寒香。

從張愛玲細數聞到的各種氣味，可知道她總是能突破傳統的審美觀，欣賞一般人可能不喜愛的事物，甚至「以臭為美」，這讓她的語言表現具有顛覆性，比如「清剛明亮的氣息」、「焦香」、「清冷，乾淨，興旺」、「油哈氣」、「寒香」，各種新奇的辭彙與生動的描述皆引人入勝，令人禁不住就深陷於她所創造的氣味世界。

顏色與氣味

張愛玲領略到氣味之美，於是將各種嗅覺經驗融入小說之中，讓我們在閱讀時，也能與人物一同嗅聞、一同感受。她在散文〈談音樂〉裡，也對氣味下了這樣的定義：

氣味總是暫時的，偶爾的；長久嗅著，即使可能，也受不了。所以氣味到底是小趣味。而顏色，有了個顏色就有在那裡了，使人安心。顏色和氣味的愉快性也許和這有關係。

對張愛玲來說，氣味和顏色一樣引人注意，但兩者又有不同，氣味不像顏色那麼具體，它虛無飄渺、捉摸不定，我們卻隨著每一次的呼吸時時嗅聞，無時無刻地運用嗅覺品味著各種氣息，從這一點來看，氣味具有一種「真實感」。

再從字源看，英文「呼吸」（breath）的意思是「炊煮的空氣」，氣味縈繞在我們的四周，隨時以「烹煮之姿」誘引著我們的嗅覺感官，因此「我聞故我在」，氣味帶給張愛玲的真實感，或許就源自於此。

小說中的氣味

富於「氣味」的小說就如同氣味本身，充滿幽渺的韻味，深深地吸引我們的感官，散發迷人的魅力。諾貝爾文學獎得主莫言在〈小說的氣味──在巴黎法國國家圖書館演講〉中，就以氣味來形容小說的特質，他盛讚：「我喜歡閱讀那些有氣味的小說。我認為有氣味的小說是好的小說。有自己獨特氣味的小說是最好的小說。能讓自己的書充滿氣味的作家是好的作家，能讓自己的書充滿獨特氣味的作家是最好的作家。」張愛玲的小說世界，正是充滿了各種氣味，具有特色。

作家遲子建在〈小說的氣味〉裡，也列舉了古今中外描寫氣味的小說，他在評論時，特別用氣味來形容張愛玲小說的風格：「魯迅的小說是有氣味的，那是一股陰鬱、硬朗而又散發著微鹹氣息的氣味；沈從文的小說也是有氣味的，它是那種濕漉漉的、微苦中有甜味的氣味；張愛玲的小說也有氣味，那是一種具有滄桑感的溫和的氣味。」

遲子建指出了張愛玲的氣味書寫特色，以及她對氣味詞彙的運用，其實就是經常現於字裡行間、揮之不去的「蒼涼感」，正與她一貫的小說風格相互呼應，形成張愛玲小說的特色，值得我們流連探索其中。

02
環境，氣味的集散地

——這小小的一塊地方充滿了一種氣味，鄉下人稱為「老人頭氣」，由寂寞與污穢造成的。（《秧歌》）

我們的生活環境比如住家、庭院、場域等各種空間，無處不散發或醞釀著氣味。環境是散發氣味的來源之一，是小說人物的生活背景，同時提供了情節發展的舞台，是塑造人物形象的一環。

張愛玲在小說中營造了不少帶有氣味的環境，而且別具意涵，往往起著預告人物命運的作用，其中一個經典的例子，就是刻意將我們認為芬芳的環境，描述得充滿臭味，以「反常」的現象傳遞弦外之音。

禮拜堂的悶臭味

在〈年輕的時候〉，一個嚮往西方文明的學生潘汝良，偶然認識了外國女子沁西亞，初見面時驚為天人，再見面便發現她散漫的一面，只好「單揀她身上較詩意的部分去注意，去回味」，他以為這是真愛，其實只是「為戀愛而戀愛」。後來沁西亞跟別人結婚了，汝良前去觀禮，這場婚禮，就是他對沁西亞的美好想像澈底破滅的關鍵。

看張愛玲如何描寫舉辦婚禮的場地：那是一個充滿了污濁氣息的俄國禮拜堂，教堂本應是潔淨和充滿香油芬芳的聖地，但是在這裡卻成為滿是悶臭異味，飄散著臭味和骯髒、潮濕的地方：「禮拜堂裡人不多，可是充滿了雨天的皮鞋臭。」「在那陰暗，有氣味的禮拜堂裡，神甫繼續誦經，唱詩班繼續唱歌。」這些描述讓人聯想到「地獄」。

傳說中，地獄和煉獄就像古代的冥府，瀰漫其中的全都是惡臭和令人窒息的氣味。法國的人類學與哲學博士阿尼克・勒蓋萊（Annick Le Guerer）在《氣味》一書中提到，關於地獄的氣味，所有的冥土幻想者都認為地獄會發出惡臭，而天堂有著無法模擬的香味。然而在沁西亞的婚禮，禮拜堂卻宛如地獄，神父是個酒鬼，持香的香伙長得也像鬼，「不是『聊齋』上的鬼，是義塚裡的，白螞蟻鑽出鑽進的鬼」，新郎則沒有出息。

張愛玲透過潮濕的異味，將聖潔的禮拜堂渲染成污穢的地獄，正切合那句：「婚姻是愛情的墳墓。」所有的描述都在暗示我們：沁西亞的婚姻不幸福。更殘忍的是，婚後沁西亞不堪生活的重擔，生了病，離真正的墳墓也不遠了。儘管在婚禮上，穿著白緞子禮服的沁西亞，想儘量維持「神祕與尊嚴的空氣」，但怎能逃得過悶臭氣味的沾染呢？臭味，猶如巨大的陰影籠罩在沁西亞的身上，預告她未來的命運，同時也讓觀禮的潘汝良醒悟，不論是東方還是西方，命運之神對傳統女性都一樣地殘酷。

閨房的藥水腥味

有時小說也利用環境的氣味，透露人物的家境狀況。〈創世紀〉敘述的是一個沒落的顯赫家族的故事，開頭就單刀直入的寫道：「瀠珠家裡的窮，是有背景，有根底的。」以及「瀠珠走在路上，她身上只是一點解釋也沒有的寒酸。」原來，這個家一直靠變賣老太太的嫁妝過日子。

在舊時，經濟的困境幾乎等同女子的困境，張愛玲用了許多方式寫瀠珠家裡的窮，就是為了突顯這點。她在描述瀠珠、瀠華姐妹的房間時，重點並不放在房內陳設，而是藉由房內的氣味透露她們家的窮：

> 女孩子的房裡，瀠華坐在床上，泡腳上的凍瘡，腳盆裡一盆溫熱的紫色藥水，發出淡淡的腥氣，她低著頭看書，膝上攤著本小說，燈不甚亮，她把臉棲在書上。

窮小姐的房間就在我們的眼前展開：陰暗的光線是因為燈具老舊導致；小姐腳上的凍瘡，

是因為沒有保暖的鞋子可穿；加上空氣中飄散的紫藥水腥氣推波助瀾下，使得房間與房中人皆陷困在一種骯髒、污濁的氛圍中，形成含意深刻的意象，瀠珠、瀠華的未來也令人憂慮。

小衖堂的悶臭味

而在《怨女》中，氣味反映的是分家不公的事實。姚家在老太太過世後分家，大爺與三爺都分配到好的田地和房產，但銀娣的二房沒有男主人，只分到一棟「老式洋房」，她明顯受到不公平的待遇，房子附近散發出來的氣味，道盡了這種處境：

> 她坐在窗前篦頭，樓窗下臨一個鴿子籠小衖堂，一股子熱烘烘的氣味升上來，緩緩的一蓬一蓬一波一波往上噴。一種溫和鬱塞的臭味，比汗酸氣濃膩些。小衖的肘彎正抵著她家樓下，所以這房子便宜。現在到處造起這些一樓一底的白色水泥盒子，城裡從來沒有這樣擠，房子小，也是老房子，不論磚頭木頭都結實些，沉得住氣，即使臭也是糞便，不是油汗與更複雜的分泌物。

銀娣出賣了一生，嫁給軟骨症和失明的丈夫，原盼分家過好日子，卻換來環境髒污不堪的房子。她在蘊含了臭味的空氣中獨坐，從對面房子的玻璃窗裡看見自己「仍舊是年輕的，神祕而美麗」，卻得忍受婆家的欺凌和守寡的寂寞，此刻樓下小衖堂「溫和鬱塞」的臭味，似乎在呼應她鬱悶、又無從宣洩的心情。

房間的老人頭氣

有時，描寫環境氣味是為了塑造人物形象，比如在《秧歌》中描述王霖的房間氣味，就是間接的透露他是個怎樣的人。

王霖是黨的幹部，將一生都奉獻給黨，婚姻也是經過黨的批准，妻子沙明勉強跟他結婚，沒有幾分真情，後來趁著動亂離開他了。土改期間，王霖為了鎮壓受不了飢餓而反抗的群眾，開槍射擊、濫殺無辜，又嚴刑拷問搶糧被捕的農民。張愛玲以王霖房間的氣味，暗喻他的為人：

> 關帝廟裡王同志的寓所是一個灰黯的地方，……這小小的一塊地方充滿了一種氣味，鄉下人稱為「老人頭氣」，由寂寞與污穢造成的。在那凜冽的寒夜裡，那氣味似乎更濃厚些。

氣味訴說的是王霖「污穢」的人格與「寂寞」的人生。王霖才過了四十歲，就像個沒有希望的老人，帶著「老人頭氣」，「他除了黨以外，在這世界上實在是一無所有了」，這樣的人只能擁抱蝕骨的寒意，孤獨一生。

茅廁的尿味

在《秧歌》中，氣味擔任了開場的重要角色，為整個故事定調。張愛玲為了描繪貧困的農村，刻畫這片貧瘠的大地，就以臭味來營造「滄桑感」，使得整部小說飄送著末世的荒涼。故事的開頭，就以長長的一排茅廁揭開序幕，描述陣陣的臭氣從幾間無人的廁所飄送出來：

> 一到了這個小鎮上，第一先看見長長的一排茅廁。都是迎面一個木板照壁，架在大石頭上，半遮著裡面背對背的兩個坑位。接連不斷的十幾個小茅棚，裡面一個人也沒有。但是有時候一陣風吹過來，微微發出臭氣。

茅廁的臭味和沒有人的景象，都是為了突顯農村的荒涼，渲染環境的貧瘠，令人聯想到鄉下環境骯髒、衛生條件差以及貧窮的處境。

而在英文版《秧歌》（*The Rice-Sprout Song*）的開頭，同樣藉著書寫茅廁的氣味傳遞「荒廢」之感，但在描述上略有不同：

> In this country town the first buildings in sight were a string of exactly identical thatched privies, about seven or eight of them. They had a deserted air despite the occasional whiff of faint odor in the wind.
>
> （筆者譯：在這鄉下小鎮裡，最先映入眼簾的，是一排有著一模一樣麥桿屋頂的茅廁，約莫有七、八間。儘管偶爾隨風飄送過來些許似有若無的臭味，它們還是給人一種荒廢的感覺。）

這段英文描述，只是單純藉由臭味營造無人的景象，讓「似有若無」的氣味給人虛無、荒廢的感覺，比起中文版《秧歌》明白寫出茅廁「一個人也沒有」，更不著痕跡。從英文的描述中可以知道：這荒涼的小鎮還是住著人的，尿味透露了人的形蹤。

味隨心轉的土腥氣

另一部觸及農村故事的小說《赤地之戀》，在寫到泥土味時，隨著主角的遭遇和心境的轉變，氣味就會帶給人物不同的感受。劉荃是來自北京的大學生，才剛剛被動員到農村參加「土改」的工作，出身大城市的他，對農村的印象是來自於嗅覺：

劉荃最後一次醒來，空氣裡忽然聞到一陣極濃的土腥氣。但是並不是土腥氣，而是一種沙土的清香。原來下起雨來了。

初來乍到的劉荃只是個單純的大學生，還沒經歷過土改的「洗禮」，鄉土的氣味對他來說是「清香」、新鮮的，屬於大自然的氣息，大地是「靜悄悄的土黃色的世界」。

但到了後面，土改開始以非和平的方式進行，地主成為改革的對象，劉荃親眼看到地主唐占魁，被幹部逼著「挖底財」死命的掘地，挖不存在的財物，就像在自掘墳墓，這時泥土味瞬間不變：

門關著，那陰暗的房間更陰暗了，充滿了泥土的氣息。唐占魁的女人突然感到一種新的恐怖。難道是叫他自己掘了坑來活埋他？

對農民來說，泥土是維繫生命的大地之母，土腥氣是芬芳的，就像女媧吹入泥人鼻腔裡的氣息，象徵生命與希望。農民本應對土地懷有熱愛，但當他們的土地被掠奪，失去辛苦了大半輩子的心血，甚至賠上性命時，泥土的氣息就不再是女神的生命之氣，而變成森冷恐怖的死神呼吸。

平靜的「土黃色世界」怵然變色，劉荃又看到一個孕婦被吊打虐殺的過程，以及被車子活生生拖死的韓廷保屍體，他深感恐懼，當他和同志張勵走在泥土路上，泥土味又有了轉變：

劉荃繼續往前走著。那條騾車路漸漸凹陷下去，兩旁的土岸漸漸遮住了視線。被露水濕潤了泥土微微發出土腥氣。兩邊的土地不住地升高，升高，把他們關在土腥氣的甬道裡。那遍地都是恐怖的大地，終於被關閉在外面，看不見了，也許永遠不會再看見了，而他突然感到無限的依戀。

「土腥氣的甬道」象徵黑暗，殘酷的現實已將劉荃和土地上的人們連同氣味關閉起來，眼前這條長長的、充滿腥氣的甬道「永遠也走不完，像在朦朧的夢境中一樣」，這裡已成為沾滿鮮血的「赤地」，隨著劉荃的心境改變，泥土味早已不再清香宜人，而是瀰漫恐怖氛圍的土腥氣。

03
體味，獨特的標示

——她的臉龐與脖子發出微微的氣味，並不是油垢，也不是香水，有點肥皂味而不單純的是肥皂味，是一隻洗刷得很乾淨的動物的氣味。（〈連環套〉）

每個人身上都擁有獨特的氣味，那就是「體味」。體味是個人身上散發味道的總和，與種族、教養、情緒等許多因素有關，法國哲學家沙特（Jean-Paul Sartre）曾說：「身體的氣味，就是我們通過嘴和鼻子呼吸到這個身體本身，它就是身體的本性。」

在文學作品中，作家經常連結人物的體味和性格，成為「特殊標誌」，為人物繪製專屬的氣味地圖，引導我們認識他們的背景。張愛玲尤其善於此道，她將人物心理轉折的微妙之處，投射在氣味當中，成為表現人物心理的依據，氣味便不再只是氣味，而是別具意涵的象徵。

對他人的評價

氣味的辨別性，使它能反映小說人物的好、惡，傳達人物對他人的評價。在《小團圓》裡，九莉與父親的姨太太愛老三處得很好，愛老三還為九莉訂做了母女裝，九莉很喜歡，覺得愛老三的氣味非常好聞：「在黑暗中，愛老三非常香，非常脆弱。濃香中又夾雜著一絲陳鴉片烟微甜的哈氣。」

氣味能襯托一個人的氣質，愛老三曾是「堂子」出身的妓女，「濃香」象徵的是她的烟花味，而她身上的鴉片味，則是長期與丈夫「對躺在烟舖上」抽鴉片造成的，而「微甜」反映的是九莉心中對愛老三的好感。

透露人物的出身

氣味總是能「不經意」的透露一些祕密，尤其是小說人物的身分地位，比如職業、階級、文化、種族、出身。因為一個人的生活方式，會對健康和氣味造成影響，這些氣味不是從家中帶來的，就是從工作的環境中帶來的，可以讓我們了解人物的生活與際遇，人物的貧富貴賤，一「聞」即知。比如在《怨女》中，銀娣登場時的氣味是：

門洞上的木板卡啦塔一聲推了上去，一股子刺鼻的刨花味夾著汗酸氣，她露了露臉又縮回去，燈光從下頦底下往上照著，更托出兩片薄薄的紅嘴唇的式樣。

銀娣身上的氣味是「汗酸氣」與「刨花味」。刨花是用刨子削出來的木頭薄片，用來製作護髮用的刨花水，有淡淡的木頭味，「刺鼻的」表示刨花水的品質粗劣，多了汗酸氣，更給人陳舊與污穢之感，透露她出身於下層階級，也點出俗豔的氣質。

另外在〈金鎖記〉的開頭，姜家的丫頭鳳蕭用不屑的口吻嘲笑七巧的出身：「開麻油店！打哪兒想起的？」、「低三下四的人」。七巧出身於一間「馨香的麻油店」，就算後來貴為姜家的二奶奶，也無法抹去這些嘲弄，彷彿曾經沾染了麻油店的氣味，就得一輩子沾著它。

諷刺人性的內在本質

另一種體味，則是寓意深長的將人物比喻為「動物」，寫出人的「動物味」，張愛玲在氣味中加入道德批判，對體味的評價，就是評價人品，所以這種「動物味」，充分揭露和諷刺人性的內在本質。

〈連環套〉中的霓喜在十四歲時，被賣給了印度商人雅赫雅當姨太太，後來又跟過幾個男人。小說形容霓喜「在色情的圈子裡她是個強者」，諷刺她靠著美貌和肉體謀生，又用一段搬動箱籠的動作說明她的粗鄙。首先將霓喜比喻為「大貓」，賦予原始動物的形象：

她爬高上低，蹲在櫃頂上接遞物件，我不由得捏著一把冷汗，然而她委實身手矯捷，又穩又俐落。她的腳踝是紅白皮色，踏著一雙朱紅皮拖鞋。她像一隻大貓似的跳了下來，打開另一隻箱子，彎著腰伸手進去掏摸，囑咐我為她扶住了箱子蓋。

動物般的舉止，給人粗鄙和不加修飾的聯想，這種動物性的比喻，又令人聯想到最原始的性欲。在故事中，霓喜老愛勾搭男人，總想用最原始的性來謀生，「唯一的維持她的自尊心的方法便是隨時隨地的調情」，這是她的本質。然後進一步描述霓喜的體味：

她的臉龐與脖子發出微微的氣味，並不是油垢，也不是香水，有點肥皂味而不單純的是肥皂味，是一隻洗刷得很乾淨的動物的氣味。人本來都是動物，可是沒有誰像她這樣肯定地是一隻動物。

霓喜來自貧困的鄉下，雖然有機會跟著男人過富裕的生活，但本性如同體味根深蒂固，就算想以肥皂味洗刷掩蓋，用謊言掩飾自己低下的出身和靠肉體生存的事實，卻怎樣都無法洗刷乾淨。

甩不掉的陰影

氣味就像階級，是社會階層不平等的標誌。在社會底層生活的人們，由於貧困，往往身上帶有異味，所以被描述成卑微的、位居於社會邊緣，而且具有威脅性的人群。他們的資源匱乏、生活困苦，居住的環境髒亂、惡劣，往往孳生某種難聞的氣息，成為小說人物潛藏的夢魇。

再談霓喜。〈連環套〉裡的霓喜，本想藉著高攀男人享受富貴的生活，卻被看不起她的丈夫雅赫雅趕出家門，失去生活的依靠，她深感恐慌，這時，從前在貧窮環境聞過的氣味，竟不由自主地飄浮而出：

> 然而霓喜過的是挨餓的日子，採朵草花吸去花房裡的蜜也要回頭看看，防著腦後的爆栗。睡也睡不夠，夢裡還是挨打，挨餓，間或也吃著許多意想不到的食物。醒來的時候，黑房子裡有潮濕的腳趾的氣味，橫七豎八睡的都是苦人。這些年來她竭力地想忘記這一切。因為這一部分的回憶從未經過掀騰，所以更為新鮮，更為親切。霓喜忽然疑心她還是從前的她，中間的十二年等於沒有過。

「潮濕的腳趾的氣味」，告訴我們霓喜出身於社會底層。十二年來，她為丈夫打理生意、為他生子，雖然沒有名分，卻如老闆娘般享受安穩的生活。現在被丈夫趕出家門，可能重回貧困的生活，從前飢餓、受養母責打的痛苦及髒臭的生活環境，又透過氣味重新回到她的腦海中。

離開雅赫雅後，霓喜被中藥店老闆竇堯芳看上，又做了姨太太，過上一段舒適的生活，可惜世事難料，竇堯芳過世後，她又被趕出去了。她曾想要跟著靈柩回鄉下守寡，卻在當下回憶起鄉下人的氣味：

野火花高高開在樹上，大毒日頭照下來，光波裡像是有咚咚的鼓聲，咚咚樁搗著太陽裡的行人，人身上黏著汗酸的黑衣服；走幾里路見不到可說話的人，悶臭了嘴；荒涼的歲月……

霓喜看不起自己的出身，「汗酸味」、「悶臭了嘴」的氣味，說明了鄉下人又窮又髒的生活景況，反映她害怕再回到鄉下、極端怕窮的心理，最後她終究打消回鄉的念頭，帶了四個孩子離開竇家。

在故事的最後，霓喜發現報紙的結婚新聞欄上，刊登她的同居情人湯姆生迎娶英國新娘的啟事，讓不知情的她深受打擊，這時她才知道自己被狠狠的拋棄了。現在她在湯姆生面前，只「覺得她自己一身肥肉，覺得她自己衣服穿得過於花俏，再打扮些也是個下等女人」，彷彿被打回原形，恢復了鄉下人的身分，這種心理透過氣味被生動的描寫出來：

霓喜自己覺得是欄杆外的鄉下人，扎煞著兩隻手，眼看著湯姆生與他的英國新娘，打不到他身上。她把她自己歸到四周看他們吃東西的鄉下人堆裡去。整個的雨天的鄉下蹦跳著撲上身來如同一群拖泥帶水的野狗，大，重，腥氣，鼻息咻咻，親熱得可怕，可憎。

鄉下，就像一隻被泥水淋溼的野狗，又帶著濃厚的「腥氣」回來找霓喜，朝她撲過來，讓她在憎惡之外，更再一次自我嫌惡。張愛玲藉由書寫氣味，深入的刻畫了霓喜心頭那些甩不掉的陰影。

04
鴉片味的糾纏與誘惑

——那焦香貫穿全屋好幾個鐘頭，整個樓面都神祕地熱鬧起來，像請了個道人住在家裡煉丹藥。（《怨女》）

氣味能夠改變和影響我們的心境和情緒，英國作家吉卜齡（Joseph Rudyard Kipling）曾說：「氣味比起景物和聲音，更能使你的心弦斷裂。」因為嗅覺是最親密的知覺系統，我們呼吸以維持生命，氣味也隨著空氣不斷送到我們體內；嗅覺又具有辨識力，我們聞到臭味就覺得討厭，聞到香味便會喜歡，對心理和情緒影響極大。

善於描寫人物心理的張愛玲，對氣味的特性有獨到的理解，能運用氣味虛無縹緲的特質，揭露埋藏在人物內心深處最隱微的角落。

原生家庭的影響

氣味能夠影響人的心理狀態，在〈茉莉香片〉中，極其深刻地刻畫了聶傳慶的焦慮，也讓我們看見原生家庭對人的影響有多深。

聶傳慶被長期吸鴉片的父親聶介臣與繼母，教養成「精神上的殘廢」，他怨恨自己的家庭，早逝的母親讓他深陷於被遺棄的痛苦，抽鴉片的父親與繼母成天嫌棄他、打他。傳慶的悲哀，在於無法擺脫這樣的命運，即使想掙脫，還是在不知不覺中深受家庭的影響。

家裡充斥著邪惡、頹廢的鴉片味，傳慶每天在這裡生活，細微的氣味分子，無孔不入地沾染了他全身，久而久之，鴉片味彷彿成了他與生俱來的體味。有一天，他終於無法忍受了，厭惡得嘔吐起來：

> 滿屋子霧騰騰的，是隔壁飄過來的鴉片烟香。他生在這空氣裡，長在這空氣裡，可是今天不知道為什麼，聞了這氣味就一陣陣的發暈，只想嘔。

「嘔吐」意味著將不好的東西排除體外，反映傳慶急於摒除鴉片味、擺脫家庭的心情，他不想做聶家的子女。他可以躲避，但永遠逃離不了父親的影子，所以「他深惡痛嫉那存在於他自身內的聶介臣」，因為他的長相、走路的姿勢都酷似父親，「他自己是永遠寸步不離的跟在身邊的」。

在故事的結尾，傳慶出於嫉妒，毆打家庭幸福的言丹朱，事後逃回家了，等待他的不是避風港，而是絕望的氣味：

家裡冷極了，白粉牆也凍得發了青。傳慶的房間裡沒有火爐，空氣冷得使人呼吸間鼻子發酸。然而窗子並沒有開，長久沒開了，屋子裡聞得見灰塵與頭髮的油膩的氣味。

油膩的氣味與冷空氣，交織成絕望與寒冷的意象，傳慶的未來看不到希望，心理極端扭曲的他，永遠無法從飄散著灰塵味、髮垢味和鴉片味的「家」跳脫出來，他的一生將被這個家緊緊地糾纏著。

這裡的氣味是象徵原生家庭的影響力，傳慶生活在鴉片味裡，不知不覺被同化了，這種同化在張愛玲的小說中，往往以「綑綁」或「侵略」的方式呈現，人物一旦受到氣味的沾染，心靈上也將受到氣味的同化，再也無從解脫了。

神祕的誘惑力

鴉片味深具誘惑力，張愛玲的小說裡出現過多次鴉片味，都以香氣來形容，比如鴉片煙香（〈茉莉香片〉）、焦香（《怨女》）、略帶甜味的鴉片煙霧（《雷峰塔》）、微甜的哈氣（《小團圓》）等等，她在《怨女》中，對鴉片的外觀和氣味有一段精彩完整的描述：

> 鴉片烟一天比一天貴，那黝暗的大糕餅近於白形，上面貼著張黃色薄紙，紙上打著戳子，還是前清公文的方體字，古色古香。那一大塊黑土不知道是什麼好地方掘來的，剛拆開蘇包的時候香氣最濃。小風爐開鍋熬著，擱在樓梯口，便於看守。那焦香貫穿全屋好幾個鐘頭，整個樓面都神祕地熱鬧起來，像請了個道人住在家裡煉丹藥。大家誰也不提起那氣味，可是連傭人走出走進都帶著點笑意。

鴉片味象徵銀娣對兒子的控制。銀娣怕兒子在外面玩，想出這樣的「好點子」，一方面控制著不讓兒子外出：「靠它保全了家庭」，一方面培養母子的感情：「他們有他們的氣氛，滿房間藍色的煙霧。」

抽鴉片是最富有象徵意義的罪惡行為，作家芭芭拉・霍奇森（Barbara Hodgson）在《鴉片：黑色迷霧中的極樂天堂》裡提到，鴉片在莎士比亞的名劇《奧塞羅》（Othello），被形容為「催人入眠的糖漿」，聞起來帶有甜味，它的神祕源自於氣味，吸食之後，人將陷入奇異的幻覺中。

張愛玲以鴉片散發的焦香烘托神祕的氣氛，對鴉片外觀的描述，也引起我們對鴉片產生古老而神祕、罪惡與墮落的印象。燒鴉片猶如道士煉丹，夾帶著甜味的煙霧引起了幻覺和視覺感受，讓人有如騰雲駕霧般進入諸神的幻境。人人聞到都帶著笑意，是鴉片給人的愉悅感覺，它那令人難以抗拒的魅力，也就不言而喻了。

05
氣味勾起的回憶

——米先生想起老式留聲機的狗商標，開了話匣子跳舞，西洋女人圓領口裡騰起的體溫與氣味。（〈留情〉）

氣味是喚醒回憶最好的方法，法國作家普魯斯特（Marcel Proust）的《追憶似水年華》（*A la recherché du temps perdu*）中，就描述他從蛋糕的氣味憶起很久以前的往事，成為創作的材料。

普魯斯特形容氣味與記憶的關係：「即使人事變遷，久遠的往事了無蹤跡，唯獨氣味和滋味雖說更脆弱，卻更有生命力；雖說更虛幻，卻更經久不散，更忠實地存在，它們仍然對往事寄託著回憶、期待和希望。」氣味與記憶的聯結宛如一條路徑，能帶領我們穿越時空，追溯遙遠的往事。

對往日的留戀

張愛玲經常在小說中讓氣味成為回憶的媒介。在〈第二爐香〉中，由於羅傑的新婚妻子愫細錯誤的性知識，以致誤會丈夫是個心理變態。流言傳開來後，羅傑身敗名裂，被迫辭去教職，他在痛苦中，就是透過氣味回憶起初來香港的感受，表現他內心對往昔的留戀：

十五年前他初到華南大學來教書的時候，他是一個熱心愛著他的工作的年輕人，工作的時候，他有時也用腦子思索一下。但是華南大學的空氣不適宜於思想的。春天，滿山的杜鵑花在纏綿雨裡紅著，簌落簌落，落不完地落，紅不斷地紅。夏天，他爬過黃土隴子去上課，夾道開著紅而熱的木槿花，像許多燒殘的小太陽。秋天和冬天，空氣脆而甜潤，像夾心餅乾。

十五年前，香港的空氣就像夾心餅乾一樣甜美，當時的羅傑擁有平淡卻安定的生活，而今回憶起那甜如餅乾的空氣，更讓他感到悲涼。

又如〈留情〉中的米先生，雖然已經有了年輕貌美的姨太太敦鳳，卻仍然掛念著分居而且病重的老妻，敦鳳很介意這點。米先生跟大房太太是在國外留學時的同學，一起走過無數歲月，現在六十歲的米先生面對太太的心情，是年輕的敦鳳永遠無法理解的，他其實是對青春充滿了眷戀，當他回憶留學的過往時，也脫離不了對氣味的印象：「米先生想起老式留聲機的狗商標，開了話匣子跳舞，西洋女人圓領口裡騰起的體溫與氣味。」

西洋女人的體味，令人想到年輕時的米先生充滿自信和魅力，和女人跳舞、玩樂。婚後的日子，雖然在夫妻倆的爭吵中「倉皇」而過，卻是他曾經年輕的明證。然而，現在米太太病重，可能將要離世，那些美好或令人煩心的回憶，也將跟著一起埋葬了，這讓他感到暮年的哀傷。

自由的空氣

太陽象徵光明與希望，曬過太陽的衣服，彷彿也帶著自由的空氣。在《怨女》中，分家後的某天，銀娣從繼承來的箱子裡取出衣服曬太陽，她聞到舊衣服的氣味，感受相當複雜：

> 皮裡子的氣味，在薰風裡覺得渺茫得很。有些是老太太的，很難想像老太太打扮得這樣。大部分已經沒人知道是誰的了。看它們紅紅綠綠擠在她窗口，倒像許多好奇的鄉下人在向裡面張望，而她公然躺在那裡，對著違禁的烟盤，她有一種異樣的感覺。

「皮裡子的氣味」象徵家教嚴謹的老太太和姚家的人，已經遠離銀娣的生活了，讓她興起「渺茫」之感；老太太過世，各房獨立居住，互不干涉，她終於能從大家族緊密侷促的環境裡掙脫，不必再被嚴密的監視，這無疑是一種解脫，從此能公然的躺著吸鴉片，享受打破禁忌的愉悅。

06 丁香花末子味

——薇龍突然不願意看下去了，掉轉身子，開了衣櫥，人靠在櫥門上。衣櫥裡黑沉沉的，丁香末子香得使人發暈。（〈第一爐香〉）

氣味全方位的影響著我們，我們隨時隨地受到它的影響，出現身心上的變化而不自覺。由於氣味的特殊，使它極適合被運用在文學創作中，作家往往藉由氣味描繪人物的心理層面，讀者也經常透過氣味的描寫，對小說的內涵有更深入的理解。

各種氣味創造出來的意象，讓小說的世界多彩多姿，擅長創造意象的張愛玲，就時常藉著對氣味的想像，表達豐富的情感與寓意，像是在〈第一爐香〉中，丁香味就被用來象徵葛薇龍對富裕生活的渴求與幻滅。

對富裕生活的渴求

葛薇龍來自上海的中產之家，移居香港兩年後，家人想回上海，薇龍卻想一個人留在香港完成學業，她考量生活費、學費都可能出問題，只好向姑媽梁太太借錢。梁太太本想拒絕，但看見薇龍的美貌，大覺奇貨可居，於是安排她住下。張愛玲用了這樣的一段描述，點出薇龍的單純與醒悟：

薇龍打開了皮箱，預備把衣服騰到抽屜裡，開了壁櫥一看，裡面卻掛滿了衣服，金翠輝煌；不覺咦了一聲道：「這是誰的？想必是姑媽忘了把這櫥騰空出來。」她到底不脫孩子氣，忍不住鎖上了房門，偷偷的一件一件試穿著，卻都合身，她突然醒悟，原來這都是姑媽特地為她置備的。家常的織錦袍子，紗的綢的、軟緞的、短外套、長外套、海灘上用的披風、睡衣、浴衣、夜禮服、喝雞尾酒的下午服、在家見客穿的半正式的晚餐服，色色俱全。一個女學生哪裡用得了這麼多？

衣服是生活的標誌，當薇龍發現這些衣服是為了出席各種社交場合而準備，不禁軟倒在床上，明白了姑媽的意思：「這跟長三堂子裡買進一個人，有什麼分別？」長三堂子，是晚清上海一帶的高級青樓，指豪華氣派的妓院，衣服顯然是生財的工具，梁太太想要薇龍做什麼，不言可喻。回顧小說開頭描述薇龍的學生制服穿搭，說她「打扮得像賽金花模樣」，賽金花是清末民初著名的交際花，就是一個伏筆。

薇龍面對自己的處境，半懂不懂，既惶恐、又害怕，但是這些衣服引起了她的好奇與虛榮，她禁不住誘惑。這時的丁香味，讓她對富裕生活充滿了想像，就像伊甸園中的蛇，一再地招引著她，於是她：

> 坐了一會，又站起身來把衣服一件一件重新掛在衣架上，衣服的脅下原先掛著白緞子小荷包，裝滿了丁香花末子，薰得滿櫥香噴噴的。

「丁香」是招財的植物，可製成昂貴的香料，象徵財富，運用在這裡十分貼切。張愛玲用「香噴噴」加強誘惑的力道，滿衣櫥都是丁香花濃郁的芬芳，充分發揮暈迷人心的效果，誘惑力十足。

薇龍果然越陷越深，「在衣櫥裡一混就混了兩三個月」，穿著這些華服出席各種晚宴、茶會、音樂會和牌局，炫弄衣服。只是這誘人的丁香味就像鴉片，能讓人「上了癮」得到快樂，也會令人越陷越深。

幻滅後的痛苦

某天，薇龍看見梁太太的丫頭睇睇，因為與喬琪喬偷情，讓梁太太大為震怒，加上先前睇睇與喬琪的父親喬誠爵士來往密切，梁太太受冷落，早有怨恨，趁著偷情事件就將睇睇趕出門。薇龍想到睇睇可能落得被父母押去鄉下嫁人的處境，彷彿預告自己的未來，感到恐懼萬分：

> 薇龍突然不願意看下去了，掉轉身子，開了衣櫥，人靠在櫥門上。衣櫥裡黑沉沉的，丁香末子香得使人發暈。那裡面還是悠久的過去的空氣，溫雅、幽閒、無所謂時間。衣櫥裡可沒有窗外那爽朗的清晨，那板板的綠草地，那怕人的寂靜的臉，嘴角那花生衣子……那骯髒、複雜，不可理喻的現實。

薇龍嚇壞了，眼前的一切都跟著扭曲起來：綠色的草坪，本應洋溢著旺盛的生命力，但在她的眼中卻是「愚笨的」、「板板的」，有些「牛氣」；睇睇的側臉沒有表情，像「泥製的面具」，仔細的看，會發現有一條筋在她的太陽穴波動，模樣「怕人」，但其實她只是在吃花生米。這些描述反映薇龍內心的恐懼，所以平常的景象在她看來，就像看驚悚片一樣心驚。

我們對於氣味的感受，也會隨心境的轉變而改變，當薇龍對富裕生活的美好幻想逐一破滅，丁香味就不再像當初那般芬芳迷人，而是使人聞了「發暈」。但是這香氣與衣櫥，給了薇龍一個暫時脫離現實的空間，那是個遁世的所在，時間在此停頓了，讓她忘掉現實生活的痛苦。

紙醉金迷的生活就像這股子「丁香味」，薇龍雖然有不幸的預感，卻猶如飲鴆止渴般貪戀著，沉溺到無法自拔。

07
充滿侵略性的氣味

——房裡滿是那類似杏仁露的強烈的蔻丹的氣味，梁太太正搽完蔻丹，尖尖的翹著兩隻手，等它乾。（〈第一爐香〉）

氣味若要讓人感覺有侵略性，聞起來必定強烈到讓人不舒服。如果我們將這種氣味想像成一種撲天蓋地、排山倒海而來的威脅感，它必然是嗆人的，就跟氣味的主人一樣，帶給小說人物「惘惘的威脅」。在張愛玲的小說裡，就描述了幾種強烈而具有侵略性的氣味。

祝鴻才的香水味

《半生緣》中描述，祝鴻才很早就對曼楨心生嚮往，後來他跟曼璐結婚，但夫妻不睦。在曼楨探視過曼璐的病後，祝鴻才開車送曼楨回家，出發前，在身上噴了大量的香水，對曼楨來說，這股香水味隱含著威脅：

一坐到汽車裡面，就可以明白了，鴻才剛才為什麼跑到另外一間房裡去轉了一轉，除了整容之外，顯然是還噴射了大量的香水。在這車廂裡閉塞的空氣裡面，那香氣特別濃烈，讓別人不能不注意到了。男人搽香水，彷彿是小白臉拆白黨的事，以一個中年的市儈而周身香氣襲人，實在使人有一種異樣的感覺。

「拆白黨」指上海地區白吃白喝、騙財騙色的男性，有害人家庭、令其破落之意。祝鴻才身上濃烈的香水味，隱含他對曼楨懷著強烈的色心，為後來強暴曼楨一事埋下了伏筆。曼楨聞到香水味的反應是冷淡的：「曼楨也不說什麼，只靜靜地發出一股子冷氣來。鴻才則是靜靜地發出香氣。」

張愛玲用幽默諷刺的筆法，表現曼楨與祝鴻才兩人之間完全「不對味」的尷尬氣氛，不但嘲諷了祝鴻才，也對照出這兩個人物的反應：一個冷淡不想理睬，另一個色欲蠢動，只想著誘拐女人。從這次以後，祝鴻才就升起佔有曼楨的欲望。

這天，曼楨去探望生病的曼璐，留宿在曼璐家。到了晚上，她在黑暗的房間裡獨處，忽然想起了祝鴻才，想到他刺鼻的香水味，隨後才意識到這氣味「真的」就在自己身旁：

從前有一次，鴻才用汽車送她回去，他搽了許許多多香水，和他同坐在汽車上，簡直香極了。怎麼會忽然的又想起那一幕？因為好像又嗅到那強烈的香氣。而且在黑暗中那香水的氣味越來越濃了。她忽然覺得毛骨悚然起來。她突然坐起身來了。有人在這間房間裡。

氣味如同指紋，具有標誌性，容易為人物塑造「個人化」的形象，人物有了屬於自己的氣味，便有了個性，濃烈的香水味正是祝鴻才的標誌。這裡先以氣味帶出危險的氣氛，讓曼楨獨坐在黑暗中，隨後祝鴻才帶著濃香悄無聲息的現身，只聞其味、不見其人，更增添了恐怖氣氛，我們也跟著曼楨對將要發生的事，產生不祥的預感。

司徒協與草木腥氣

張愛玲常以「濃烈」、「腥氣」，形容這種具有侵略性的氣味。在〈第一爐香〉中，老男人司徒協對薇龍心懷不軌，張愛玲就用獵物與獵人的關係，來形容薇龍與司徒協，並用一連串雨林草木的「腥味」，營造殺氣騰騰的氛圍，烘托潛伏在薇龍身旁危機四伏的氣氛：

在黃梅雨中，滿山醉醺醺的樹木，發出一蓬一蓬的青葉子味；芭蕉、梔子花、玉蘭花、香蕉樹、樟腦樹、菖蒲、鳳尾草、象牙紅、棕櫚、蘆葦、淡巴菰，生長繁殖得太快了，都有點殺氣騰騰，吹進來的風也有點微微的腥氣。……她追想以前司徒協的神色，果然有異；……

司徒協是獵人，殺氣騰騰地朝著獵物薇龍而來，原始雨林的氣味象徵司徒協色欲薰心，是充滿攻擊性的氣味，對照先前他為薇龍戴上宛如「手銬」的金剛石鐲子，居心顯而易見，他打算用金錢綁住（買下）美人，而且「顯然是已經和梁太太議妥了條件」。

而芭蕉、梔子花等各類草木的氣味，也象徵眾多的追求者，每個男人都對薇龍虎視眈眈，企圖捕捉這個「獵物」。

梁太太的蔻丹味

再談葛薇龍。故事到最後，薇龍改變心意不想回上海了，想與喬琪結婚，就到梁太太房裡商量，那時，房裡充滿強烈的蔻丹氣味：

房裡滿是那類似杏仁露的強烈的蔻丹的氣味，梁太太正搽完蔻丹，尖尖的翹著兩隻手，等它乾。兩隻雪白的手，彷彿才上過拶子似的，夾破了指尖，血滴滴地。……梁太太格格的笑將起來，一面笑，一面把一隻血滴滴的食指點住了薇龍，一時卻說不出話來。

「拶子」是舊時用來夾犯人手指的刑具，形容梁太太的手指尖，讓人感到一股寒冷的殺氣。小說將梁太太的形象妖魔化了，那「血滴滴」的手指、強烈的蔻丹氣味，猶如血的顏色與腥氣，烘托妖異的氛圍，加上她滿口誘騙，揭露了她企圖套牢薇龍，讓她死心塌地的賺錢、弄人的用心。

姚三爺嫌惡的血腥氣

在《怨女》中，寫到姚家人懷疑銀娣的兄嫂偷走三奶奶的珠花，不知情的三奶奶想找人「圓光」，等竊賊的臉孔從白紙中現形。三爺作賊心虛，聽從僕人的建議躲在小旅館，在臉上塗抹鮮血，想「破圓光」：

他有點疑心，不知道是什麼血。要了一面鏡子，用手指蘸著濃濃地抹了一臉。實在腥氣得厲害，他躺在床上老睡不著。仰天躺著，不讓面頰碰到枕頭，唯恐擦壞了面具。血漸漸乾了，緊緊地牽著皮膚。……洗了臉，一盆水通紅的。小房間裡一股子血腥氣，像殺了人似的。

塗在臉上的血，散發陣陣的血腥氣，渲染殺戮之意，又充滿了嘲諷，不但諷刺三爺作賊心虛的糗態，同時這句「像殺了人」，也預告銀娣可能因為三爺而死。後來，姚家去浴佛寺進香，銀娣和三爺趁著獨處的機會偷情，但三爺反悔了，想抽身離開，銀娣就幽怨的說：

「你二哥！也不知道你們祖上做了什麼孽，生出這樣的兒子，看他活受罪，還真不如死了好。」

……

「只怪我自己命苦，扒心扒肝對人，人家還嫌血腥氣。」

銀娣的話隱含雙關，「人家」明著是說二爺，實際上是指三爺；說自己「扒心扒肝」，就是說自己只愛三爺。「血腥氣」暗喻三爺嫌棄銀娣，這點銀娣也很清楚，所以埋怨著三爺。

事後，銀娣深怕三爺將偷情的事洩漏出去，不堪壓力下，決定上吊自殺，正與三爺破圓光時「濃濃的血腥氣」互相呼應。張愛玲透過氣味告訴我們，銀娣對三爺的情意，終究只能是落花有意、流水無情。

08
撩撥情緒的氣味

——她聞到隱隱的塵土味，封閉的，略有些窒息，卻散發著穩固與休歇，知道這是終點了。（《易經》）

作家班狄奇克（Roy Bedichek）在《嗅覺》（*The Sense of Smell*）一書中說道：「每種特殊的氣味都隨著特定的情緒衍生，而且合而為一。」派特・瓦潤（Piet Vroon）在《嗅覺符碼：記憶和欲望的語言》中也提到，有些研究人員相信，越來越多香料被製造出來，增加了人們的嗅覺經驗，情緒及感情同時越發成長，可見氣味對情緒相當具有影響力。

香水味帶來安全感

張愛玲運用許多方式，在小說中透過氣味體現人物的各種情緒，令人大開眼界，其中一種就是「安全感」，因為氣味具有療癒及安定人心的作用，人物可以藉由氣味來安定自己的情緒。

在〈色戒〉中，王佳芝設下了陷阱，想在珠寶店刺殺易先生，在等待易先生赴約時，心裡感到緊張不安，就藉由香水味來安撫情緒：

> 等最難熬。男人還可以抽烟。虛飄飄空撈撈的，簡直不知道身在何所。她打開手提袋，取出一瓶香水，玻璃瓶塞連著一根小玻璃棍子，蘸了香水在耳垂背後一抹。微涼有棱，一片空茫中只有這點接觸。再抹那邊耳朵底下，半晌才聞見短短一縷梔子花香。脫下大衣，肘彎裡面也搽了香水，……

這段文字以氣味搭配觸感，描述氣味帶給王佳芝的安全感。若是跟男人一樣抽菸，菸的白氣虛無縹緲，反而讓人感覺不踏實，也顯得太世故，不合「生手特務」的身分。唯有芬芳的香水味和那微涼的觸感，才能穩定情緒，同時增添性感，使王佳芝更有誘惑力，讓刺殺任務更容易成功。

薄荷味和鴉片味的慰藉

而在《怨女》的結尾，銀娣只有藏身在薄荷味及鴉片味裡，才能得到些許心靈的安慰：

她抹了點萬金油在頭上，喜歡它冰涼的，像兩隻拇指捺在她太陽心上，是外面來的人，手凍得冰冷的，指尖染著薄荷味。稍一動彈，就聞見一層層舊衣服與積年鴉片煙薰的氣味，她往裡偎了偎，窩藏得更深些，更有安全感。

抽鴉片是銀娣最大的享受，能填補空虛的心靈，也是安全感的重要來源，在她的心中，鴉片代替了男人（丈夫、三爺），更幫助她控制男人（兒子）。積年鴉片的煙味搭配薄荷香氣，加上冰涼的萬金油觸感，使人感覺舒適、安全，可想而知，銀娣將繼續躲在這片芬芳中麻醉自己。

污穢之氣造成厭惡感

讓人聞起來不舒服的氣味，容易引發我們負面的情緒。比如〈心經〉的結尾，有戀父情結的許小寒去同學段綾卿的家找段母，企圖阻止綾卿與她的父親同居。正按門鈴，許母搭乘黃包車前來攔阻，最後母女倆同車返家，這段文字以氣味表現小寒對母親的厭惡：

雨下得越發火熾了，拍啊啦濺在油布上。油布外面是一片滔滔的白，油布裡面是黑沉沉的。視覺的世界早已消滅了，留下的僅僅是嗅覺的世界——雨的氣味，打潮了的灰土的氣味，油布的氣味，油布上的泥垢的氣味，水滴滴的頭髮的氣味。她的腿緊緊壓在她母親的腿上——自己的骨肉！她突然感到一陣強烈的厭惡與恐怖。……她憎嫌她自己的肌肉與那緊緊擠著她的，溫暖的，他人的肌肉。呵，她自己的母親！

小寒接觸母親的身體，升起了厭惡之感，是因為她對父親的愛是不正常的男女之愛，將母親視為情敵，但自己是父母親的骨肉，永遠無法和父親「真正的在一起」。同時接受現代教育的她，也看不起傳統的母親。

在寫作上，先去除視覺的印象，只留下聞到的氣味，放大了嗅覺的感受。在這個發出各種穢氣的油布內包裹著的，是小寒對母親的感覺：骯髒、污穢；再透過肌膚的觸感，更放大了她內心的想法，她不願意當「這個母親」的孩子，這念頭讓小寒感到相當罪惡。

死肉味激起強烈的厭惡

在〈金鎖記〉裡，七巧回憶出嫁前在豬肉攤聞到死豬肉的氣味，聯想到殘廢的丈夫那副沒有生命力的軀殼，反映她對丈夫的厭惡情緒：

朝祿趕著她叫曹大姑娘。難得叫聲巧姐兒，她就一巴掌打在鉤子背上，無數的空鉤子蕩過去錐他的眼睛，朝祿從鉤子上摘下尺來寬的一片生豬油，重重的向肉案一拋，一陣溫風直撲到她臉上，膩滯的死去的肉體的氣味……她皺緊了眉毛。床上睡著的她的丈夫，那沒有生命的肉體……

氣味如煙霧般飄忽的特性，使它更適合借用電影「淡入淡出」（fade-in fade-out）的手法，跳接不同的時空，呈現思緒的脈絡。透過氣味，從過去七巧在豬肉攤聞到「膩滯的死去的肉體的氣味」，過渡到現在丈夫「那沒有生命的肉體」，讓我們強烈地感受到她對丈夫厭惡的緣由。

狐臭味令振保厭惡

在〈紅玫瑰與白玫瑰〉的小說中，描述佟振保在巴黎嫖妓時，看到妓女下意識地聞她腋下的異味，這一幕，讓他首次的性經驗蒙上了陰影，事後充滿了厭惡和沮喪的情緒：

外國人身上往往比中國人多著點氣味，這女人老是不放心，他看見她有意無意抬起手臂來，偏過頭去聞一聞。衣服上，胳肢窩裡噴了香水，賤價的香水與狐臭與汗酸氣混合了，是使人不能忘記的異味。然而他最討厭的還是她的不放心。脫了衣服，單穿件襯裙從浴室裡出來的時候，她把一隻手高高撐在門上，歪著頭向他笑，他知道她又下意識地聞了聞自己。

妓女身上的異味以及她聞腋下的舉動，讓振保感覺自己的「髒」，嫖到不對味的女人，讓初夜變成「最羞恥的經驗」，影響他後來和女人的關係。在振保的心中，其實有一個完美的「佟振保」的形象，符合「一個最合理想的中國現代人物」，這源自於「自戀」，他要的是「對的世界」，要做「自己的主人」，希望一切在掌控之下，初夜不合心意，便覺得恥辱。

只可惜，振保總是挑不到合意的妓女、滿意的情婦或合宜的老婆，現實和理想的落差極大，他總是受到命運的擺布。振保的情與欲，以嫖妓和妓女惱人的異味作為起點，往後他的所作所為，其實都根源於這個心理因素，說明人生的許多無奈，往往與自身的性格脫離不了關係。

酒氣和電金屬味反映恐懼

張愛玲在《雷峰塔》裡，描述過一段特別的夢中氣味。琵琶的表哥想娶有錢的小姐，四處尋找可能的對象談心、約會，也曾喜歡琵琶，但兩人相處的氣氛極為尷尬，就沒有發展成戀情。後來琵琶聽說靠婚姻「獵財」的表哥訂婚了，不久就夢見她和表哥的新婚之夜：

> 兩個坐著的人強摁進鏡子裡，鏡子擱得太近，男人的臉挨得太近，有米酒的氣味，熱辣辣的臉頰有電金屬味。……她躲避那人帶酒氣的呼吸，又推又打又踢。可是她們是夫妻了，再沒退路了。……抗拒本身就像是性愛本身，沒完沒了，手腳纏混，口鼻合一變成動物的鼻子尋找她的臉，毛孔極大的橘皮臉散發出熱金屬味。

人在夢境中、幻覺裡所聞到的氣味，迷離中帶著神祕，氣味反映了潛伏在心裡的真實面。夢中的表哥帶著酒氣和電金屬味，都不是使人愉悅的氣味。琵琶在夢中抗拒性愛，而且「打輸了」，她認為「也許是怕自己被嫁掉吧」，夢的內容與氣味，反映她的內心著實害怕婚姻。

從疏離到窒息：淡香水味與塵土味

氣味很適合用來形容感覺和氣氛，張愛玲在《易經》中，藉由氣味表現琵琶與母親之間的疏離感。

琵琶的母親準備出國和情人結婚，臨走前，先到學校找琵琶，對她說：「女人靠自己太難了。」琵琶深感驚訝，原來她心目中最前衛、最獨立的母親，最後竟也必須依附男人才能生存。母親美好的形象第一次在琵琶的心中崩盤。張愛玲以淡去的氣味形容這種感覺：

突然間，她母親像是已走了。雖然仍並排著走，卻變得很珍貴，像一抹漸漸散去的香水，越是這樣琵琶越是不敢轉頭看她。

美麗的母親像一抹芬芳的香水味，此刻「漸漸散去」，代表母親在孩子心中的形象漸趨模糊、淡化了，象徵母女之情的隔閡與消滅。

琵琶第二次對母親感到失望，是她將老師贈送的八百元獎學金，寄放在母親的住處，母親卻誤會這是琵琶用身體換來的，在牌桌上將這筆獎學金輸掉了，使得琵琶對母親的信任完全崩毀，對母愛也不再有期待。張愛玲以窒悶的氣味形容母女之情不變：

她聞到隱隱的塵土味，封閉的，略有些窒息，卻散發著穩固與休歇，知道這是終點了。她母親說輸了八百塊那天，她就第一次感覺到了。

象徵「堵塞」的塵土味，也堵塞了母女之情。回顧《雷峰塔》，母親曾是站在鋼琴旁邊唱歌、宛如仙子般美麗的女子，也曾為孩子們帶來有如魔法森林那樣新奇、有趣的家，但親人間的自私，以及她對母親的深刻認識，都讓琵琶感到幻滅，兒時心中美好的母親形象，一如那漸漸消散在空氣中的香水味，最終只剩下令人窒息的塵埃味。

太陽的氣味帶來希望

有時氣味也會帶來希望，在〈花凋〉的最後，纏綿病榻多年的川嫦呼吸著太陽的氣味，從中感到希望，雖然那只是偶然一現的生命力：

可是有時候川嫦也很樂觀，逢到天氣好的時候，枕衣新在太陽裡曬過，枕頭上留有太陽的氣味。

陽光漂曬出某些氣味，然而遺留下來的氣味，可能依然是陳腐而令人厭惡的，就像川端的被褥裡沾上的病人的氣：

川端可連一件像樣的睡衣都沒有，穿著她母親的白布掛子，許久沒洗澡，褥單也沒換過。那病人的氣……

川端病了很久卻沒有洗澡，床單被褥也沒換，充斥著疾病的氣味，家人對她的疏忽與無情，讓人分外同情她的處境。雖然陽光的氣味帶給川端少許希望，卻無法改變她的生命即將走到盡頭的命運，而且完全沒有林黛玉般的詩意，現實是如此地殘忍。

09
氣味與愛戀關係

——嬌蕊這樣的人，如此癡心地坐在他大衣之旁，讓衣服上的香煙味來籠罩著她，還不夠，索性點起他吸剩的香煙……（〈紅玫瑰與白玫瑰〉）

除了視覺，美麗也藏在觀看者的鼻子，愉快或不愉快的氣味，也會影響我們對愛人的感覺。法國詩人波德萊爾（Charles Pierre Baudelaire）在《惡之花》歌詠女友讓娜・迪瓦爾（Jeanne Duval）的頭髮時寫到：「像別人的精神飄在樂曲之上，愛人啊！我的精神在你的髮香上蕩漾。」聞著氣味，我們的心靈像隨著愛人的氣味而起伏。

吸進愛人的氣味

張愛玲經常在小說中，藉由氣味書寫男女之間的愛戀關係，以氣味描述人物在戀人的氣息中，所感受到的愛與安慰，字裡行間洋溢唯美浪漫的感覺。比如在〈紅玫瑰與白玫瑰〉，振保看到嬌蕊獨自點燃他抽過的香菸，坐在煙霧繚繞中，藉著香菸味思念著他：

嬌蕊便坐在圖畫下的沙發上，靜靜的點著支香煙吸。振保吃了一驚，連忙退出門去，閃身在一邊，忍不住又朝裡看了一眼。原來嬌蕊並不在抽煙，沙發的扶手上放著隻煙灰盤子，她擦亮了火柴，點上一段吸殘的煙，看著它燒，緩緩燒到她手指上，燙著了手，她抛掉了，把手送到嘴跟前吹一吹，彷彿很滿意似的。他認得那景泰藍的煙灰盤子就是他屋裡那隻。振保像做賊似的溜了出去，心裡只是慌張。起初是大惑不解，及至想通了之後也還是迷惑。嬌蕊這樣的人，如此癡心地坐在他大衣之旁，讓衣服上的香煙味來籠罩著她，還不夠，索性點起他吸剩的香煙……

這是一種迷戀，愛戀的感覺隨著香菸味漂浮在空中，氣氛恬靜、悠然。嬌蕊點燃振保抽過的菸，想將愛人吸過的菸也吸入體內，彷彿這樣就擁有了愛人。當人在濃情時刻想要與愛人「如膠似漆」時，或許也會產生將愛人的氣味吸入自己身體的欲望，反映擁有愛人的渴望。

十八世紀法國著名的思想家盧梭（Jean-Jacques Rousseau）曾說：「嗅覺是記憶和欲望的感覺。」此刻，振保的香菸味迴盪在嬌蕊的鼻端，她的心中也滿載著對振保的思念和情意。

屬於戀人的世界

張愛玲也讓氣味宛如一道無形的牆，將戀人的世界與外界隔開，彷彿世上只剩下他們彼此。在〈金鎖記〉裡，長安和童世舫戀愛約會的方式相當傳統，他們在公園裡散步，不說話，只憑氣味感受彼此：

> 曬著秋天的太陽，兩人並排在公園裡走著，很少說話，眼角裡帶著一點對方的衣服與移動著的腳，女子的粉香，男子的淡巴菰氣，這單純而可愛的印象便是他們身邊的闌干，闌干把他們與眾人隔開了。空曠的綠草地上，許多人跑著、笑著、談著，可是他們走的是寂寂的綺麗的迴廊——走不完的寂寂的迴廊。

「脂粉香」和「淡巴菰氣」分別代表長安和世舫，戀人的氣味在對方聞起來都是「可愛的印象」；氣味形成無形的「闌干」，將他們與外界隔開，除了說明兩人的情意甚濃，也暗示他們戀愛的空間只能留在「闌干」內，禁不起外界（尤其是七巧）的侵擾。

「闌干」的另一個解釋，是指存在長安與世舫之間的「隔閡」。長安刻意對世舫隱瞞家庭狀況和抽鴉片的惡習，留學多年的世舫也錯以為古中國的女子都是貞靜美好的，一個隱瞞，一個錯愛，即使沒有七巧從中破壞，兩人的感情終有一天會出問題，造成更大的傷害。

記錄愛的變化

在《怨女》中，氣味則用來書寫銀娣對初戀的小劉，和後來對三爺的愛戀感覺，也記錄了她心境上的變化。

藥店的夥計小劉，是銀娣在少女時期喜歡的對象，雖然他們沒有太多的互動，但小劉會默默地對銀娣好，常在她買藥的包裹裡包白菊花送她。銀娣很喜歡藥店及店裡的氣味，那香氣除了襯托藥店的環境氛圍，也象徵銀娣初戀的心情：

> 她一直喜歡藥店，一進門青石板鋪地，各種藥草乾澀的香氣在寬大黑暗的店堂裡冰著。

初戀只停留在愛慕而沒有進一步的發展，一如藥草的香氣，有點乾澀、冰冷。銀娣拿白菊花泡茶：「滾水泡白菊花是去暑的，她不怎麼愛喝，一股子青草氣」，愛情就像在茶壺裡飛升的白菊花，悄悄的滋長。

後來銀娣捨棄了貧寒的小劉，嫁進富裕的姚家，但丈夫身有殘疾，自己也因為出身背景，被姚家看不起，生活苦悶孤單。有一次，丈夫床頭的抽屜喚起她對藥店「烏木小抽屜」的記憶：

> 床頭一溜矮櫥，一疊疊小抽屜嵌著羅鈿人物，搬演全部水滸，裡面裝著二爺的零食。一抹平的雲頭式白銅環，使她想起藥店的烏木小抽屜，尤其是有一屜裝著甘草梅子，那香味她有點怕聞。

抽屜裡的甘草香，讓銀娣想起初戀的心情，想到藥店的氣味，或許也想起了小劉。而今，在這場折磨人的婚姻裡，陪伴她的是無用的丈夫，讓她吃足了苦頭，氣味勾起的回憶就變得不堪回首了。

象徵初戀的氣味令銀娣感傷，但有三爺在的時候，氣味帶給她的感受就不同了，全是新鮮的芬芳。分家後，銀娣面對來訪的三爺，心裡充滿了愛，情愫似乎隨著花香飄散在愛人存在的空氣中：

> 房裡一暖和，花都香了起來。白漆爐台上擺滿了紅梅花、水仙、天竺、臘梅。通飯廳的

白漆拉門拉上了，因為那邊沒有火。這兩間房從來不用。先生住在樓下，所以她從來不下樓。房間裡有一種空關著的氣味，新房子的氣味。

花香傳遞情意，在銀娣和三爺獨處的空間裡醞釀。兩人談了許久，銀娣才知道原來三爺是來借錢的，情愛的想望頓時落空，她在憤怒下打了三爺一個巴掌，三爺憤然離去，留下孤獨、心碎的她：「她回到客廳裡，燈光彷彿特別亮，花香混合著香烟氣，一副酒闌人散的神氣。」

房間裡飄散著氤氳不去的香菸味，是三爺曾在此處抽菸的遺跡，新鮮的花香受到菸味的污染，彷彿見證了人去、情散後的空虛。張愛玲總能匠心獨具的以氣味描繪各種愛戀關係，用氣味記錄愛的酸甜苦辣，烘托戀愛的浪漫與失落，氣味彷彿在文字間纏繞蔓生，引發我們無限的想像。

10
氣味創造「髒」的世界

——冰箱現在沒有電，不應當關上的，然而他拿了雞蛋順手就關嚴了。她一開，裡面沖出一陣甜鬱的惡氣。（〈桂花蒸阿小悲秋〉）

張愛玲在氣味書寫上的獨到之處，就是以氣味烘托故事的環境背景，在藝術手法上表現得多樣與創新。她在〈桂花蒸阿小悲秋〉中打造一個「髒」的世界，先從整個城市的氛圍寫起，臭與悶的「惡氣」是這個世界的基調，再關注到人的身上，由哥兒達等人物私生活的「髒」引出道德問題，又透過主角阿小清新的體味，反映人格的高潔、寬大與包容。

城市的髒氣

〈桂花蒸阿小悲秋〉裡的氣味，主要傳遞的是「髒」的意象。作家水晶曾指出阿小對於「髒」特別敏感，因為她是處在「一個道德敗壞、淫亂污穢的世界裡」。小說的開頭就先描述悶熱的天氣，為後面出現的臭氣提供最佳的「蒸籠」，接著，阿小想起在電車上聞到的污穢之氣：

剛才在三等電車上，她被擠得站立不牢，臉貼著一個高個子人的藍布長衫，那深藍布因為骯髒到極點，有一點奇異的柔軟，簡直沒有布的勁道；從那藍布的深處一蓬一蓬慢慢發出它內在的熱氣。這天氣的氣味也就像那袍子──而且絕對不是自己的衣服，自己的髒又還髒得好些。

氣味隨著熱空氣散發開來，整個城市都是這些「髒氣」，這種「髒」彷彿「連上帝都不放在心上」，那些墮落、沉淪的人們就像被遺棄似的，繼續在這個世界製造骯髒。然而，濁世中還是有個純潔的靈魂──阿小，那兩句「絕對不是自己的衣服，自己的髒又還髒得好些」，點出她「舉世皆濁我獨清」的人格，阿小正是以乾淨的心靈來觀察周遭的「髒」。

人物的髒氣

張愛玲又將筆鋒一轉，從城市的髒氣寫到了人的「髒」，這個被臭氣環繞的主要人物，就是阿小的外國人雇主哥兒達。

首先，透過哥兒達開冰箱拿雞蛋的小細節，帶出了冰箱裡窒悶許久的「惡氣」，讓我們感覺到他的「髒」：「冰箱現在沒有電，不應當關上的，然而他拿了雞蛋順手就關嚴了。她一開，裡面沖出一陣甜鬱的惡氣。」接著，透過阿小和秀琴這兩個女傭的閒談，透露她們的主人在私生活方面的「髒」：「她們那些男東家是風，到處亂跑，造成許多灰塵，女東家則是紅木上的彫花，專門收集灰塵，使她們一天到晚揩拭個不了。」

阿小的男主人哥兒達成天拈花惹草，秀琴的女主人「黃頭髮女人」則樂於與男人周旋，他們約會時請客吃飯、把床單弄髒，讓女傭收拾個沒完，是家常便飯。這裡再帶出哥兒達的房間「有點像個上等白俄妓女的妝閣」，讓人不禁聯想哥兒達的行徑委實像個牛郎。

從阿小的口中我們又得知，哥兒達曾經得過性病：「前兩個月就弄得滿頭滿臉瘡子似的東西。」同時因為擦藥的緣故，把被單弄得「稀髒」。這裡不忘用氣味形容哥兒達玩弄女人後，遺留下來的淫靡空氣：「門一關，笑聲聽不見了，強烈的酒氣與香水卻久久不散。」

酒氣與女人的香水味，透露哥兒達平日貪於酒色、糜爛的生活方式，這些「髒」的描寫，都用來與阿小的清新氣味對比。

阿小的清新氣味

張愛玲在描繪濁世之餘，也以阿小的「乾淨」作為對照組。阿小就像是一位帶有甜美香氣的女性，她的心靈是純淨的，連為人庸俗的秀琴都覺得阿小身上的體味，像一股新鮮水果的氣味：「她蹲得低低的，秀琴聞得見她的黑膠綢衫上的汗味陣陣上升，像西瓜剖開來清新的腥氣。」

阿小只是個平凡的小人物，身處「髒」的世界，卻能保持人格的潔淨，不論對人、對事，總能懷抱著「母性」，展現溫暖的愛與關懷。她對兒子百順用心管教，提醒他注意禮貌、要上進讀書；對沒有正式結婚的丈夫盡力照顧，為他張羅吃食、偶爾借錢給他；對同樣是女傭的朋友們熱情招待，留她們吃飯；雖然心裡批判主人哥兒達的墮落行為，但仍然護衛他。阿小猶如清新的西瓜味，為散發穢臭的人間帶來了美好的芬芳。

11
自戀的氣味

——他看著自己的皮肉，不像是自己在看，而像是自己之外的一個愛人，深深悲傷著，覺得他白糟蹋了自己。（〈紅玫瑰與白玫瑰〉）

氣味就像照妖鏡一樣反映人物的心理，透過張愛玲的氣味書寫，點出隱藏在佟振保內心的想法，她將寄意巧妙地鑲嵌在氣味裡，含蓄委婉而不失深刻。這些氣味能帶我們深入了解〈紅玫瑰與白玫瑰〉中的振保，是如何看待身邊的妻子、情婦和他自己。

妻子不貞的氣味

在〈紅玫瑰與白玫瑰〉的最後，振保無意間撞破妻子烟鸝與裁縫外遇。接著就是一場烟鸝得便祕症上廁所的戲。振保看著妻子，鼻端總覺得嗅到了「髒」和「臭」的氣味，實際上是反映他對出軌的雙重標準：

> 她提著褲子，彎著腰，正要站起身，頭髮從臉上直披下來，已經換了白地小花的睡衣，短衫摟得高高的，一半壓在頷下，睡褲臃腫地堆在腳面上，中間露出長長一截白蠶似的身軀。若是在美國，也許可以做很好的草紙廣告，可是振保匆匆一瞥，只覺得在家常中有一種污穢，像下雨天頭髮窠裡的感覺，稀濕的，發出嗡鬱的人氣。

振保自己可以嫖妓、與已婚的嬌蕊婚外情，卻覺得外遇的妻子「髒」，他聞到的氣味代表他內在的父權心態，他要的是一個行為上貞節、在他的控制底下，而且能滿足他支配欲的「白玫瑰」妻子，豈料「白玫瑰」變色了，妻子的行徑越來越像個「紅玫瑰」，因而感到深深的挫敗。

振保的孤芳自賞

張愛玲又透過兩段氣味描寫，呈現振保的自戀。首先從振保聞見花的清香、珍惜皮肉，表現他「顧影自憐」到過分自戀、自愛的地步：

> 浴缸裡放著一盤不知什麼花，開足了，是嬌嫩的黃，雖沒淋到雨，也像是感到了雨氣。

腳盆就放在花盤隔壁，振保坐在浴缸的邊緣，彎腰洗腳，小心不把熱水濺到花朵上，低下頭的時候也聞到一點有意無意的清香。他把一條腿擱在膝蓋上，用毛巾揩乾每一個腳趾，忽然疼惜自己起來。他看著自己的皮肉，不像是自己在看，而像是自己之外的一個愛人，深深悲傷著，覺得他白糟蹋了自己。

這段就是描述振保的「孤芳自賞」，這種自戀是透過自憐的舉措來表現的。在振保的世界，他就像花盤上的花，清香宜人，現在卻沾著了雨氣和骯髒的洗腳水，也就是妻子的外遇，這給他帶來打擊，使他分外心疼自己；而洗腳的舉動和心疼自己如同疼惜愛人的心情，也說明他的自戀。

另一段文字，則是敘述振保在外面玩女人，途中先回家拿錢，離家時，看到樓上窗前的烟鸝，心頭火起，懊惱地將洋傘朝水上打：

> 砸不掉他自造的家，他的妻，他的女兒，至少他可以砸碎他自己，洋傘敲在水面上，腥冷的泥漿飛到他臉上來，他又感到那樣戀人似的疼惜，但同時，另有一個意志堅強的自己站在戀人的對面，和她拉著，扯著，掙扎著——非砸碎他不可！非砸碎他不可！

振保的臉上沾到髒污，聞到了腥味，象徵妻子的外遇如同地上的髒水，弄髒了「完美」的振保，他為自己的付出感到不值，這完全背離了他理想中的完美人生！此時嗅覺的「腥」與觸覺的「冷」，構成了「不潔」的印象，是他對妻子外遇和人生遭遇挫敗時的心理反應。

12
氣味的通感

——烤餅乾的氣味香濃，瀰漫了整個小廚房，像無線電唱得很大聲。（《易經》）

當我們看到「紅色」感覺「溫暖」，聽見鋼琴聲覺得「冰冷」，就是修辭學說的「通感」。從文學創作來看，所有事物的感覺都能互相連繫，而對氣味的感受比較特殊，它沒有專屬的形容詞，通常必須向其他感官借用詞語來描述。比如我們常說氣味聞起來很酸、很甜（味覺）、聞起來冷或溫暖（觸覺）、舒緩的、迴旋的氣味（聽覺）、清晰的、淡的氣味（視覺）等等，氣味的通感在日常語言的使用上相當普遍。

疾病的濃臭味

張愛玲以高超的手法，在小說中聯合嗅覺、視覺、觸覺等感官意象來形容氣味，極具巧思。在《易經》裡，就先以視覺形容醫院病人身上有濃烈的壞疽氣味：「天氣熱，壞疽的氣味更濃，布帘一樣掛在床邊。」

把氣味具體化，形容濃濃的味道如同布帘一樣「掛」在床邊，將嗅覺與視覺疊合起來，呈現氣味「濃得化不開」的感覺，甚至能夠隔開四周成為屏障。然後再加上觸覺，加強形容疾病的氣味：

> 冬天的味道冷冽冽的，凝結成一團，不是到處瀰漫。走過長蝕爛症的病人，她總是憋住氣。

這股氣味除了像固體無法被「化開」，也像被冬天的氣溫凍結住了，成為一整團的，「固定」在病床前。如此生動的描述，引起了我們的想像，讓我們也想和琵琶一樣掩鼻而過。

食物的芬芳

張愛玲在書寫食物的氣味時，運用了更多的通感手法，讓視覺、嗅覺、觸覺等感官一起醞釀出食物的芬芳。如《易經》中寫道：

缺了鍋蓋，熱牛奶的香氣由黃銅鍋裡飄散出去，色香熱，幾種感官合力在冰冷滯窒的空氣中耘出一條路。

這個動詞「耘」字用得極妙！牛奶的香氣彷彿成了耕耘機，在空氣中打開一條嗅覺的通道。冷空氣和熱牛奶的蒸氣一冷、一熱，一凝窒、一流動，形塑成參差對照之美，符合張愛玲的美學風格。

又如，寫琵琶在醫院的廚房裡烤餅乾，香氣濃郁，便將氣味香濃的嗅覺感受以聽覺互通：「烤餅乾的氣味香濃，瀰漫了整個小廚房，像無線電唱得很大聲。」餅乾的香氣攻佔了整個廚房，嗅覺受到的刺激，就像高分貝的無線電廣播，霸氣地俘虜了人們的每條聽覺神經，卻又令人感到愉悅。

殘酷的冷香與寒香

在〈第二爐香〉的開頭，描述了圖書館的陳設，形容書卷的「冷香」、「寒香」飄盪在陰森幽寂的空氣中，讓嗅覺、觸覺、視覺營造出一種「冷」的情境，預告了後面說的是個冰冷、殘酷的故事：

克莉門婷興奮地告訴我這一段故事的時候，我正在圖書館裡閱讀馬卡德奈爵士出使中國謁見乾隆的記載。那烏木長台；那影沉沉的書架子；那略帶一些冷香的書卷氣；那些大臣的奏章；那象牙簽，錦套子裡裝著的清代禮服五色圖版；那陰森幽寂的空氣，與克莉門婷這愛爾蘭女孩子不甚諧和。……在這圖書館的昏黃的一角，堆著幾百年的書——都是人的故事，可是沒有人的氣味。悠長的年月，給它們薰上了書卷的寒香；這裡是感情的冷藏室。

史書記載的是遙遠的歷史，書中充斥著人性深層的欲望與掙扎，但不論歷史上演的內容如何殘忍，時代都已經非常遙遠，漸漸失去人味，但羅傑的故事卻是真的，而且就在距離我們不遠的現代發生著。等時間過去了，可能也會成為「感情冷藏室」的收藏品，被人們淡忘和漠視，以致於類似這樣因為「無知」而造成的悲劇，仍舊一再地發生。

具有感染性的魅力

張愛玲又在虛無的空氣中，染上一個綠色的痕跡，讓空氣視覺化。在〈紅玫瑰與白玫瑰〉中，振保注意到嬌蕊身上的衣著，是鮮明的綠色配紅色，這段文字用空氣、視覺、觸覺來表現：

> 她穿著的一件曳地的長袍，是最鮮辣的潮溼的綠色，沾著什麼就染綠了。她略略移動一步，彷彿她剛才所佔有的空氣上便留著個綠跡子。衣服似乎做得太小了，兩邊迸開一寸半的裂縫，用綠緞帶十字交叉一路絡了起來，露出裡面深粉紅的襯裙。那過分刺眼的色調是使人看久了要患色盲症的。也只有她能夠若無其事地穿著這樣的衣服。

空氣隨著嬌蕊的移動而染成綠色，象徵她的魅力具有感染性。「潮溼」讓綠色更加鮮豔，加上豐滿的身體，突顯嬌蕊的性感。

「鮮辣」和「刺眼的色調」，充分說明嬌蕊隨性和大膽妄為的個性，跟她在一起就像走鋼索一般危險、刺激。綠色的服裝極難駕馭，她卻能「若無其事」的穿著這身衣服，也表現她的自信，這令她更有魅力。

通感，在張愛玲的小說中隨處可見，她將嗅覺與其他感官感覺相通，使香臭腥甜與冷熱痛癢、色彩糅合在一起，時而呈現「參差對照」的美學風格。許多氣味如香與臭、清新與窒悶的感受，彼此挪移和交疊，飄散於文字之間，互相對照，更加鮮明突出，創造了多面向的感官感受。

13
氣味的隱喻

——園子在深秋的日頭裡曬了一上午又一下午，像爛熟的水果一般，往下墜著，墜著，發出香味來。（〈金鎖記〉）

隱喻是一種修辭方法，作家創作時，會將個人獨特的感受和人生經驗，配合細微的洞察力，將深刻的涵義化為隱喻呈現在讀者面前，表現意在言外的美感。

張愛玲正是善於運用隱喻的作家，她的作品閃爍著智慧的光芒，她將自己對人生和生命的感觸、對人性的洞察，放入隱喻之中，啟發了無數的讀者。氣味正是張愛玲創造隱喻的重要手法之一，我們可以透過解讀氣味，來認識張愛玲的小說世界。

爽身粉的氣味

〈第二爐香〉講的是「無知的可怕」，張愛玲想告訴我們，無知的人不懂事理的輕重利害，即使沒有惡意，也可能犯下錯誤而傷及無辜。

故事中的女主角愫細對性事無知，誤以為丈夫對她的親密舉動是「變態」，四處投訴，讓丈夫身敗名裂。張愛玲藉由愫細的妹妹凱絲玲身上的爽身粉痕跡，以及她房間的爽身粉氣味，暗指愫細有如無知的孩子。

羅傑在結婚當天去愫細家，那時凱絲玲在附近溜冰，羅傑無意中看到她身上的爽身粉痕跡，是一個預兆：

> 凱絲玲彎下腰去整理溜冰鞋的鞋帶，把短裙子一掀掀到脖子背後去，露出褲子上面一節光脊梁，脊梁上稀稀地印著爽身粉的白跡子。

「爽身粉」象徵兒童的純潔與天真。後來，愫細在新婚之夜惱恨羅傑的「無禮行為」，向學校告狀後，跑回娘家住，羅傑就去接她。這時愫細正待在凱絲玲的房間裡，羅傑一進房間就聞到了爽身粉的氣味：

> 那是凱絲玲的臥室，暗沉沉地沒點燈，空氣裡飄著爽身粉的氣味。玻璃門開著，愫細大約是剛洗過澡，披著白綢的晨衣，背對著他坐在小陽台的鐵欄杆上。

清新的爽身粉味，暗指慷細有如無知的孩童，看似純潔、天真，卻十分危險，羅傑實際上是在跟一個性格有如孩子般幼稚、任性的女人談戀愛。無知的人很可怕，和無知的人談戀愛更可怕！羅傑的結局必然以悲劇收場，在這裡，「無知」是以純真的氣味來掩飾。

而在〈紅玫瑰與白玫瑰〉中，嬌蕊足踝下的痱子粉痕跡，也暗指她的個性像孩子般毫無顧忌，在振保的眼中，她是「嬰孩的頭腦與成熟的婦人的美最具誘惑性的聯合」，振保完全被這樣獨特的魅力給征服了。

腐爛的水果味

在〈金鎖記〉裡，七巧嫉妒女兒長安的幸福，刻意破壞婚事，最後更對童世舫透露長安抽鴉片的事實，長安的「美好形象」在世舫的心中瞬間崩毀。長安只好放棄這段感情，約世舫到兩人常約會的公園裡，親口拒絕婚事。這時飄散在園子裡的氣味，暗示了這對戀人的結局：

> 園子在深秋的日頭裡曬了一上午又一下午，像爛熟的水果一般，往下墜著，墜著，發出香味來。

果實象徵「結果」，腐爛則意味著「破壞」。從形體的變化來看，爛熟的水果，散發出一種成熟就該採收，卻遲遲沒有挽擷、任其懸掛在外兀自熟爛的氣味，早已不堪食用，象徵一樁美事轉為醜陋。

從氣味來看，這爛熟的水果香味，喻示長安與世舫的婚事已經醞釀許久，眼看著即將瓜熟落地、有情人終成眷屬，最後卻只能以腐化之身墜於地面，終究是一段「沒有結果」的戀情。

《易經》裡也描述了腐爛的水果味，諷刺琵琶家族的醜聞。故事說琵琶的外婆守寡，但肚子裡懷有丈夫的遺腹子，也就是琵琶的母親，當時族人怕她是假懷孕，日夜監視屋子，形勢對外婆極為不利：「人人都抓著棍子石頭，預備把門打破，殺了寡婦和姨太太們，恨她們奪了家產」。

外婆為了保住孤兒寡婦的性命，只好買來男嬰權充雙胞胎，就是琵琶的舅舅，幸而騙過了族人。「貍貓換太子」的故事竟出現在現實中，讓琵琶震驚。針對這件事，張愛玲以水果的腐臭味來形容：

> 琵琶清楚記得第一回聽這個族人包圍的故事，那年她九歲，……餐桌都收拾乾淨了。暗紅磁碗裡擱著水菓，一束陽光斜射在上頭。茶還太燙。盤子裡的菓皮漸漸發出了腐壞的氣味，還是沒有人想動。圍困寡婦的故事就像是家裡的壁毯，很美，卻難以置信。

琵琶的外婆必須生個男孩才不會被迫害，是傳統女性的悲哀。在琵琶的心中，傳奇故事應該是美的，真相卻如此醜陋、腐敗，如同菓皮發出來的腐臭味，這是對這個荒謬卻真實的事件，最大的諷刺。

手帕的香水味

在〈多少恨〉裡，香水味象徵的是「與戀人分離」。虞家茵是藥廠經理夏宗豫孩子的家庭教師，兩人彼此有情，但家茵的父親虞老先生是個慣於敲詐金錢的無賴，威脅到這段感情，加上宗豫尚未離婚，家茵心中時常籠罩著憂愁，升起放棄這段感情的念頭。

那天，家茵與宗豫在她的房間內談話，家茵不小心打破香水瓶，潑了一身的香水：

> 她蹲下身去把那本書一抽，不想那小籐書架往前一側，一瓶香水滾下來，潑了她一身，跌在地下打碎了。宗豫笑道：「噯呀，怎麼了？」他趕過來，掏出手絹子幫她把衣服上擦了擦。家茵紅著臉扶著書架子，道：「真要命，我這麼粗心！」她換了本書把書架子墊平了，連忙取過掃帚，把玻璃屑掃到門背後去。

佳人的身上沾染了芳香的氣息，應該是極美的畫面，但隨著家茵心境的轉變，此刻的香水味，卻瀰漫了離別的感傷氣氛：

宗豫湊到手帕上聞了一聞，不由得笑道：「好香！我這手絹再也不去洗它了。留著做個紀念。」家茵也不作聲，只管低著頭，把地掃了，把地下的破瓶子與那本書拾了起來。宗豫接過書去，上面濺了些水漬子，他拿起桌上那封信便要用它揩拭，卻被家茵奪過信箋，道：「噯，不，我要留著。」宗豫怔了一怔，道：「怎麼？你——想到廈門去做那個事？」家茵其實就在這幾分鐘內方才有了一個新的決心，她只笑了一笑。宗豫便也沉默了下來。打碎的那瓶香水，雖然已經落花流水杳然去了，香氣倒更濃了。

破鏡難圓，打破的香水瓶蘊含了「不祥」的預兆，離別的氛圍，隨著香氣的散布逐漸濃厚起來，家茵留下到廈門求職的廣告，已有離開的念頭。

後來宗豫向太太提出離婚，導致夏太太懇求家茵做姨太太，等她死後扶正，宗豫的孩子小蠻也表示想留下親娘。家茵想到父親也是拋妻棄子、另娶他人，她不願拆散別人的家庭，於是決定前往廈門赴職。她離開的那天，宗豫來送她，但已人去樓空，這時他在手帕上聞到了香水味：

宗豫掏出手絹子來擦眼睛，忽然聞到手帕上的香氣，於是又看見窗台上倚著的一隻破香水瓶，瓶中插著一枝枯萎了的花。他走去把花拔出來，推開窗子擲出去。

香水味是美好的氣味，但它的主人已經不在，「落花流水杳然去了」，剩下殘餘的味道，就像家茵與宗豫的愛情，只留下回憶。往後，宗豫只能就著手帕上的一抹香氣回憶往日戀情，徒留遺憾。

濃睡的氣息

在《赤地之戀》裡，崔平車子裡的氣味是暗喻「陰謀的發生」，為崔平和趙楚的友情寫下一個黑暗的結局。

崔平和趙楚原本是好同學，也是軍中同袍，大學時一起到延安參加革命，在路上崔平罹患痢疾，幸虧趙楚日夜看護才得以保住性命；後來趙楚的腿上中槍，崔平也捨生忘死的相救，「這兩個人是為了一種理想流過血的，他們的友情是這樣真摯」。

然而過了許多年，友情逐漸變質，遇到鬥爭性質的「三反運動」鼓勵密告，兩人就寫檢舉信密告對方。不幸地，趙楚的信件先被崔平攔截，崔平徹夜寫了檢舉書，在清晨開車前往委員會控告趙楚。

那天早晨，劉荃正好經過崔平的座車，司機邀他進車子休息，他在車裡聞到了一股氣息：「裡面的空氣非常混濁，含著一種濃睡的氣息。」後來崔平回到車上，車內又多了司機買的油條發出來的油腥氣：

雨水在車窗上亮晶晶地流著。汽車裡面依舊充滿了那濃濁的睡眠的氣味，又加上了冷油條的油腥氣。……趙楚反正是死定了。

這段描述的「睡眠」含義，超越一般意義的睡眠，象徵的是「死亡」。傳說，人在睡眠中或死亡後，會得到精神上或心理上的解脫，許多傳統文化都認為，睡眠時靈魂會從人體中出來遊蕩，西藏人甚至視睡眠為「死亡的預演」。崔平車上濃睡的氣息，見證他正在進行一樁害死朋友的勾當，冷油條的油腥氣則增加污穢之感。

這時的崔平的模樣是：「一宿沒睡，臉色慘白，眼睛裡滿是紅絲，鬍子沒來得及剃，兩頰青青的一片鬍子渣，遠遠地望過去，就像是一臉的殺氣。」形象有如屠夫，而車裡濃睡的氣息混和油腥氣所產生的氣味，正是這祕密的陰謀事件中，唯一無法被崔平掩蓋的痕跡。

14
煙的意象

——蚊香的綠烟一蓬一蓬浮上來，直薰到腦子裡去。她的眼睛裡，眼淚閃著光。（〈傾城之戀〉）

煙有屬於自己的獨特氣味，還有多種色彩，除了能攜帶氣味分子，也帶來了視覺上的感受。張愛玲小說裡寫到的煙有香菸、爐煙、水蒸氣等，多以視覺化的描述來呈現，而且別有寄託，這是張愛玲書寫氣體的特色。

如煙的雲和樹

張愛玲小說中的「煙」，有些並沒有嗅覺的感受，但與視覺、聽覺交疊起來，比如在〈茉莉香片〉中的一段寫景。

聶傳慶很羨慕丹朱有言子夜這樣有學識的父親，他因為嫉妒而飽受折磨，「精神上的病態」更加深了，不能專心上課。某天，傳慶在課堂上受到言子夜的責備，極度沮喪，當晚不去慶祝歡樂的聖誕夜，反而獨自向山上走去，觸目所見盡是落寞淒涼的景象：

香港雖說是沒有嚴寒的季節，耶誕節夜卻也是夠冷的。滿山植著矮矮的松杉，滿天堆著石青的雲，雲和樹一般被風嘘溜溜吹著，東邊濃了，西邊稀了，推推擠擠，一會兒黑壓壓擁成了一團，一會兒又化為一蓬綠氣，散了開來。林子裡的風，嗚嗚吼著，像猘犬的怒聲，較遠的還有海面上的風，因為遠，就有點凄然，像哀哀的狗哭。

雲和樹像有生命似的，被形容成煙霧般的「綠氣」。在西方文化中，綠色含有「嫉妒」之意，例如英文的「green with envy」是「非常妒忌」、「吃醋」的意思，莎士比亞的戲劇《奧賽羅》裡也有「嫉妒很可怕，它是個綠眼妖魔，誰做了它的犧牲，就要被它玩弄」的台詞。如煙的雲和樹與傳慶的心境相映，象徵他對丹朱懷著深深的嫉妒，加上林子裡的風吹出悲哀的聲音，在視覺與聽覺上傳達了傳慶的心境，這一幕，讓我們看到他彷彿化為綠色的幽魂，孤獨的在林子裡遊蕩。

蚊香的煙

蚊香的煙也在〈傾城之戀〉中別具意義。白流蘇在妹妹寶絡與范柳原相親時，搶走寶絡的風采，吸引柳原的注意，還和他跳了整晚的舞，飽受家人的冷嘲熱諷。臨睡前，流蘇蹲在地上點蚊香，離婚的她長期受家人的欺凌，此刻心中充滿了復仇的快意，卻也因為看不透柳原的心而憂慮：

擦亮了洋火，眼看著它燒過去，火紅的小小三角旗，在它自己的風中搖擺著，移，移到她手指邊，她噗的一聲吹滅了它，只剩下一截紅艷的小旗桿，旗桿也枯萎了，垂下灰白蜷曲的鬼影子。她把燒焦的火柴丟在烟盤子裡。……蚊香的綠烟一蓬一蓬浮上來，直薰到腦子裡去。她的眼睛裡，眼淚閃著光。

綠色也是具有隱蔽作用的「保護色」。流蘇對於柳原說的話其實「一句也不相信」，她「不能不當心」，因為一無所有的她「只有她自己了」。蚊香的綠煙，暗指流蘇的自我保護心理，面對情感沒有著落的處境，她感到無依無靠、患得患失，忍不住落下淚來。

雪茄的煙幕

〈花凋〉中的煙則對親人之間的自私，有深刻的諷刺。在川嫦罹患肺病後，章雲藩遲遲等不到川嫦康復，只好另結新歡。某天，雲藩帶著新歡余美增前來探病，他們離開後，川嫦極為難受，父母都來安慰她：

美增雲藩去後，大家都覺得有安慰川嫦的必要。連鄭先生，為了怕傳染，從來不大到他女兒屋裡來的，也上樓來了。他濃濃噴著雪茄烟，製造了一層防身的烟幕。

鄭先生怕被女兒傳染，很少探望女兒，缺乏家人關愛的川嫦在病中的孤寂可想而知。即使鄭先生來看女兒，恐怕還是戒慎恐懼，處處提防，最後甚至拒絕再出錢為女兒治療，他說：「現在西藥是什麼價錢，……明兒她死了，我們還過日子不過？」就連給女兒吃個蘋果補充營養都要計較：「做老子的一個姨太太都養活不起，她吃蘋果！」

雪茄菸的「烟幕」，象徵親情的「隔絕」。這股煙被具體化，成了鄭先生的防身之物，道出他表面上關心女兒，實際上卻無情隔斷了親情的真相。張愛玲以煙對鄭先生的自私與無情，做出了絕佳的諷刺。

香菸味與雪茄菸

〈第一爐香〉裡的香菸味與雪茄菸，則用來營造梁太太家裡的淫逸氛圍，象徵富貴生活的誘惑，同時暗示屋裡的青樓氣息。

葛薇龍初到梁太太家，看到梁太太和睇睇、睨兒的言行舉止，以及猶如「古代皇陵」般的洋房和擺飾，就感到那裡留著「滿清末年的淫逸空氣」，心下不安，「皇陵」也暗示薇龍的一生將葬送於此。而薇龍在梁太太家聞到的香菸味，也暗示這裡是青樓妓院一類的聲色場所：

> 第二天，她是起早慣了，八點鐘便梳洗完畢下樓來。那時牌局方散，客室裡烟花氣氣人，混沌沌地。

前晚梁太太請客打牌，隔天瀰漫在室內的香菸味，便是通宵玩樂的遺跡，一派酒闌人散、奢華頹廢的氣氛，讓人聯想到梁太太奢侈糜爛的生活方式。另外，張愛玲也對梁太太書房花瓶裡插的花，賦予「菸草」的意象：

地下擱著一隻二尺來高的景泰藍方罇，插的花全是小白骨嘟，粗看似乎晚香玉，只有華南住久的人才認識是淡巴菰花。

「晚香玉」是淡雅的夜來香，「淡巴菰花」是菸草，兩者的外觀雖然相近，但是氣質殊異，菸草才符合梁太太家中軟媚香豔的氣氛。隨後，薇龍走出梁家所看到的景物，也被比擬為「雪茄菸絲」：

薇龍沿著路往山下走，太陽已經偏了西，山背後大紅大紫，金絲交錯，熱鬧非凡，倒像雪茄烟盒蓋上的商標畫。滿山的棕櫚、芭蕉，都被毒日頭烘培得乾黃鬆鬈，像雪茄烟絲。

「給我一支雪茄，除此之外，我別無他求。」是英國詩人拜倫（George Gordon Byron）關於雪茄的名句。演員麥克・道格拉斯（Michael Douglas）在電影《致命的吸引力》（Fatal Attraction）裡也說：「抽雪茄是一種近乎於宗教儀式的神祕力量。」馬龍白蘭度（Marlon Brando,Jr.）在電影《教父》（The Godfather）中也抽著雪茄，象徵位高權重與神祕。

昂貴的雪茄代表高品質的生活，是財富、奢華和時尚的象徵，在小說中出現了數次，加強梁太太家中的富貴氣息和淫靡氣氛，這些香菸味、雪茄菸，正表現出這種「高尚」生活對薇龍的誘惑。

〈連環套〉裡的煙

煙的特性虛無飄渺、隨風聚散，在文學作品中能營造神祕、虛無的意境，或是為抒情渲染相應的氣氛，中國古代詩歌中不乏「煙」的意象，有煙火、水氣、霧氣、草木散發的蒸氣等型態。在張愛玲的小說中，煙也有各種型態，被賦予不同的意義，以表達作者想傳達的寓意。

比如〈連環套〉的煙，就被靈活的運用在情節之中。第一次是如電影的「淡入淡出」手法，利用煙的朦朧效果，製造記憶的朦朧感，彷彿這時是賽姆生太太的霓喜正在遙想當年，接著才讓她訴說人生的故事：

> 賽姆生太太還說了許多旁的話，我記不清楚了。哈同花園的籬笆破了，牆塌了一角，缺口處露出一座灰色小瓦房，炊烟濛濛上升，鱗鱗的瓦在烟中淡了，白了，一部分泛了色，像多年前的照片。

第二次是利用煙在宗教上的神祕性，暗示霓喜與她的丈夫雅赫雅之間，處於不平等的關係。霓喜是沒有名份的姨太太，她一直引以為憾。有一回，霓喜趁著雅赫雅心情好時，向他提出想扶正為妻的要求，結果：

雅赫雅坐在澡盆邊上，慢條斯理洗一雙腳，熱氣蒸騰，像神龕前檀香的白烟，他便是一尊暗金色的微笑的佛。

面對霓喜的要求，雅赫雅先是笑而不答，水蒸氣的白煙讓他看起來高高在上、宛若神佛，後來他被逼急了，就對霓喜一頓拳打腳踢，說明雅赫雅在婚姻裡是掌握霓喜命運的主宰者，霓喜只能無奈的任憑擺布。

第三次是霓喜毆打丈夫的新歡于寡婦，張愛玲將兩個女人打架的情狀，比擬為煙霧交纏，形象化的呈現「戰況」的激烈：

霓喜早躥了出去，拳足交加，把于寡婦打得千瘡百孔，打成了飛灰，打成了一蓬烟，一股子氣，再從她那邊打回來。

由「飛灰」、「烟」與「氣」的比喻，可知霓喜恨不得將于寡婦挫骨揚灰，她怨恨丈夫和于寡婦，于寡婦也怨恨霓喜，兩個女人為了爭奪同一個男人，都希望對方就此灰飛烟滅。

杯子冒的煙

在《半生緣》裡，水蒸氣的煙象徵的是「留不住的愛人」。曼楨與世鈞原本兩情相悅，但曼楨有個舞女姐姐的事實，卻橫亙在兩人之間，導致她被世鈞的家人看不起。

當世鈞提起他父親認出曼璐的舞女身分，也猜到她們是姊妹，便觸動了曼楨的敏感神經，於是她反擊：「要說不道德，我不知道嫖客和妓女是誰更不道德！」這句話罵到世鈞的父親，世鈞負氣而走，曼楨便看著世鈞喝過的杯子發呆：

> 天冷，一杯熱茶喝完了，空的玻璃杯還在那裡冒熱氣，就像一個人呼吸似的。在那寒冷的空氣裡，幾縷稀薄的白烟從玻璃杯裡飄出來。曼楨呆呆的望著。他喝過的茶杯還是熱呼呼的，他的人已經走遠了，再也不回來了。

前一刻還有說有笑，下一刻就分道揚鑣，世鈞就像從杯子逸出來的白煙，消失於空氣之中，離開後就不回來了。心碎的曼楨只能想像眼前冒著熱氣、像在呼吸的杯子就是世鈞，還留在這裡陪伴著她。

象徵飢餓的炊煙

《秧歌》的主題是「飢餓」，敘述農民長期處於糧食不足和挨餓的處境，小說中描述農民生火炊食的一幕很有代表性：

大家仍舊照常過日子，若無其事，簡直使人不能相信。仍舊一天做三次飯。在潮濕的空氣裡，藍色的炊烟低低地在地面上飄著，久久不散，烟裡含著一種微帶辛辣的清香。一到中午，漫山遍野的黑瓦白房子統統都冒烟了，從牆壁上挖的一個方洞裡，徐徐吐出一股白烟，就像「生魂出竅」一樣，彷彿在一種宗教的狂熱裡，靈魂離開了軀殼，悠悠上升，漸漸「魂飛天外，魄散九霄」。

張愛玲將魂魄比擬為「白烟」，煙與魂魄的概念近似，都是虛無縹緲的型態。「生魂」是指活人的靈魂離開身體在外活動，「生魂出竅」就是人在飢餓時喪失活力的感覺，餓久了，就會「魄散九霄」而死。

缺糧時，農民只能煮稀粥、吃草莖。藍色（blue）意指「憂鬱」，原本應該象徵飽足的炊煙，在饑荒時帶來的卻只有藍色憂鬱的苦悶。張愛玲巧妙的透過味覺的辛辣、視覺的藍色，道出農民對食物的渴求及挨餓的痛苦。

爐煙

在〈第一爐香〉、〈第二爐香〉裡，「爐煙」幫助小說成功的在開頭就營造情境，帶出故事的主題。在〈第一爐香〉的開頭，沉香屑燃出的煙象徵的是「烟花氣」，點香的動作，也為故事創造神祕的氣氛：

請您尋出家傳的霉綠斑斕的銅香爐，點上一爐沉香屑，聽我說一支戰前香港的故事，您這一爐沉香屑點完了，我的故事也該完了。

唐、宋時期的秦樓楚館常用香爐來薰香，具有催情的效果，是青樓文化之一，放在〈第一爐香〉的開頭，青樓的氛圍就被緩緩帶了出來，點出小說的主題。薰香有引人尋幽探祕的意味，這樣的意象與主題極為切合。

而在〈第一爐香〉結尾出現的爐煙，則象徵薇龍對未來懷抱的想望，將如煙一般隨風消散，她將青春浪擲在青樓生涯，浪費在一場折磨人的婚姻中，等爐香燒完了，她的一生也跟著幻滅了：「這一段香港故事，就在這裡結束……薇龍的一爐香，也就快燒完了。」

而〈第二爐香〉中的爐煙，則象徵一段淒冷絕望的感情。張愛玲在小說一開始就別開生面地運用「廝殺」、「殘酷」、「短」等詞語，先為燃香營造出「冷」的情境，為故事中的殘酷情節定調，再從點香時間的短暫，烘托故事的「冷」：

> 在這裡聽克荔門婷的故事，我有一種不應當的感覺，彷彿雲端裡看廝殺似的，有點殘酷。但是無論如何，請你點上你的香，少少的撮上一點沉香屑；因為克荔門婷的故事是比較短的。

香燒得短，是因為羅傑從迎娶愫細到身敗名裂，只不過短短的三天，他就向學校辭職，不到三個禮拜就自殺了。羅傑的故事之「短」，表示巨變來臨之「快」令人措手不及，更無從抵擋和預防，這爐香都來不及燒完，故事就已經結束，讓人感到深沉的悲哀：

> 煤氣所特有的幽幽的甜味，逐漸加濃，同時羅傑安白登的這一爐香卻漸漸的淡了下去。
> 沉香屑燒完了。火熄了，灰冷了。

在故事的結尾，羅傑開煤氣自殺了，煤氣味越來越濃，代表死亡越來越近，而變淡的爐煙，象徵羅傑的生命之火即將熄滅了。

如夢的一縷白氣

在〈紅玫瑰與白玫瑰〉中，振保與嬌蕊分手多年後在公車上遇到，振保羨慕嬌蕊最後嫁給了所愛，忍不住自憐自傷，哭了起來。下車後回到自己一手建立的家，聽到街上吹笛子的聲音，於是有了下面的想像：

> 藍天上飄著小白雲，街上賣笛子的人在那裡吹笛子，尖柔扭捏的東方的歌，一扭一扭出來了，像繡像小說插圖裡畫的夢，一縷白氣，從帳子裡出來，脹大了，內中有種種幻境，像懶蛇一般地舒展開來，後來因為太瞌睡，終於連夢也睡著了。

振保的夢化作「一縷白氣」，當中有種種「幻境」，使人聯想到古典小說〈枕中記〉、〈南柯太守傳〉，引發人生如夢的感慨。夢本應是人們內心的慰藉，但振保的夢就像「懶蛇」一樣，充滿了疲憊感，乏味到令人「瞌睡」，連夢都做不下去。

這其實是在告訴我們，振保的家就是他的夢，雖然他多次自我犧牲、克制欲望努力造夢，想打造理想的家，娶的也是理想的妻，但終究不是他最愛的，因而這個家也只能如「帳子」般，被吹脹起來但基礎不穩固，與現實有極大的落差，讓他感到單調乏味，甚至到了憎惡的程度。

煙，以它縹緲而無法捉摸的靈動感，和朦朧又遮掩的虛無感，攜帶著使人產生無限聯想的氣味，我們可以從張愛玲筆下的各種煙的形態和氣味，體悟到小說中所蘊含的寓意。

15
氣息：吹氣與呼吸

——她又吹吹那朵花，笑了一笑，把它放在手心裡，兩隻手拍了一下，把花壓扁了。（〈第二爐香〉）

氣味無所不在，存在於我們的呼吸之間，只要我們一息尚存，就無法避免與氣味接觸，因此又等同人的「生命」。

氣息在造人神話中有重要的意義，象徵「給予生命」。在希伯來神話與希臘神話中，用泥土製造出來的人類，都由神吹入神聖的氣息而獲得了靈魂與生命，比如在古希臘神話中，普羅米修斯（Prometheus）用泥土和水捏成人形，雅典娜（Athena）朝泥人吹氣，使它獲得了靈性。

而在古希伯來神話中，上帝用塵土製造了第一個人，將生氣吹入人的鼻孔，使他成為一個活生生的男人。在中國神話中，女媧把泥人捏好後放在地上，經風一吹，便成為活蹦亂跳的人。氣息在神話裡，往往象徵人的精神與靈魂，吹氣者也具有「主宰」的地位。

主宰者吹的氣

「氣息」在張愛玲的小說中，往往表現人物的情感關係和地位，比如〈第二爐香〉中的「主宰者」，就是性知識貧乏又任性的愫細。愫細在新婚之夜受到羅傑的「驚嚇」後，就去學校投訴。經過一番密談，愫細終於走出來了，她隨手採了一朵牽牛花，向花心吹氣：

她採了一朵深藍色的牽牛花，向花心吹了一口氣。她記起昨天從教堂裡出來的時候，在汽車裡，他那樣眼睜睜的看著她，她向他的眼睛裡吹了一口氣，使他閉上了眼。羅傑安白登的眼睛是藍的——雖然很少人注意到這件事實。其實並不很藍，但是愫細每逢感情衝動時，往往能夠幻想它們是這朵牽牛花的顏色。她又吹吹那朵花，笑了一笑，把它放在手心裡，兩隻手拍了一下，把花壓扁了。

「吹氣」是全段的重點，愫細猶如神話中掌管生死的女神，摘花、吹氣、微笑的舉止，頗具主宰者的姿態。羅傑「閉上眼」則帶有死亡的意味，而被愫細壓扁的牽牛花，也預告了羅傑將會因為愫細而死。

藍色的眼睛象徵「天真」，在北歐，說一個人有藍眼睛就是在說他天真或容易受騙。藍眼睛的羅傑，確實天真地以為愫細是個單純可愛的女人，直到他發現可愛的新娘有極大的殺傷力，但已經太遲了。

愫細主宰了羅傑的命運，但與神話不同的是，神話中的神吹氣是為了賦予人類生命，愫細則是間接地奪走羅傑的生命，她所吹的氣息隱含了殺機，吹氣時的笑容令人感到不寒而慄。

以氣喻人

張愛玲更「以氣喻人」，將小說中的人物化作一股氣息，讓我們從中得見男、女人物之間的主宰與附屬關係。

〈封鎖〉中的呂宗楨，對於下班後還要聽太太的話去買包子，「抱著報紙裏的熱騰騰的包子滿街跑」感到屈辱，傷了男性的自尊，所以當他在電車上遇到受過高等教育、願意傾聽的吳翠遠，聊出戀愛的感覺後，就從翠遠害羞的神情，證明自己的魅力，彌補了自尊：

> 宗楨斷定了翠遠是一個可愛的女人——白、稀薄、溫熱，像冬天裡你自己嘴裡呵出來的一口氣。你不要她，她就悄悄地飄散了。她是你自己的一部分，她什麼都懂，什麼都寬

宥你。你說真話，她為你心酸；你說假話，她微笑著，彷彿說：「瞧你這張嘴！」

這裡將翠遠比喻為呂宗楨吹出來的氣息，象徵翠遠在他心中並不重要，可以輕易拋棄。「她是你自己的一部分」，意味著宗楨認為翠遠屬於他，她的喜怒哀樂都受他的牽動，是他的附屬品，可以被任意支配或拋棄。

在兩人之間，呂宗楨是主宰者，從對翠遠搭訕調情、親密談話、許下承諾，直到反悔時對翠遠說：「我不能坑了你的一生！」斬斷關係，一切全由他主導，反映許多女性在情感上未能脫離男性擺布的命運。

又如在〈紅玫瑰與白玫瑰〉中，正在婚外戀的振保與嬌蕊逛街時，遇見了年邁的艾許太太，「艾許」諧音「ash」，灰燼的意思，預示他們遇見艾許太太後，關係即將結束。果然艾許太太讓振保想到了家鄉的寡母，以及自己好不容易建立的一切：

> 他所有的一點安全：他的前途，都是他自己一手造成的，叫他怎麼捨得輕易由他風流雲散呢？

母親的期望及婚外戀的風險，讓責任與壓力全都湧上振保的心頭：「一個世界到處都是他的老母，眼淚汪汪，睜眼只看見他一個人。」所以在夜半人靜時，振保忽然警醒了：

嬌蕊熟睡中依偎著他，在他耳根底下放大了她的呼吸的鼻息，忽然之間成為身外物了。

就如翠遠化身為呂宗楨「呵出來的一口氣」，嬌蕊也化為一縷「鼻息」，細小而輕盈，那是嬌蕊的靈魂與生命。對振保而言，愛到濃烈時，嬌蕊就像呼吸一樣重要，但此刻他「清醒了」，嬌蕊的鼻息就成了「身外物」，現實是唯一的考量，愛情已經不是振保的生命中最重要的部分。

性暗示，在耳根吹氣

在〈紅玫瑰與白玫瑰〉中，振保、嬌蕊初相識，有一次單獨在陽台上吃甜點、聊天，嬌蕊說：「我的心是一所公寓房子。」振保反問：「那，可有空的房間招租呢？」曖昧的氣氛在兩人之間醞釀，撩得振保怦然心動，張愛玲就用「吹氣」形容振保被挑起的情欲：

在那黃昏的陽台上，看不仔細她，只聽見了那低小的聲音，祕密地，就像在耳根子底下，癢梭梭吹著氣。在黑暗裡，暫時可以忘記她那動人心的身體的存在，……

在耳根子底下吹氣，是性的誘惑。「癢」是心癢、心動，振保「心癢癢的」對嬌蕊產生了欲望，但因為她已經為人妻了，個性又像孩子一樣任性妄為，所以振保「感到了一種新的威脅」。

張愛玲以「氣息」暗喻男女關係，塑造出翠遠和嬌蕊這類的女性，她們如同氣息一般無足輕重，被男人輕易拋棄，男人卻不必負擔情感或道義上的責任；但她也以「吹氣」，讓愫細這樣的弱女子成為主宰者，擁有毀滅男人的力量，令人不禁佩服她在書寫氣息上的各種奇思妙想。

16 聞嗅行為的象徵

——翠芝將要上樓，忽向世鈞說道：「噯，你可聞見，好像有煤氣味道。」世鈞向空中嗅了嗅，道：「沒有。」（《半生緣》）

「吸嗅」這個詞很有意思，可以指透過鼻子短促地吸入空氣，也可以指吸著氣體聞東西，同時有生理和感覺的意義。

在許多部落廣布的國家，如婆羅洲、西非的甘比亞河、緬甸、西伯利亞和印度，「吻」就等於「嗅聞」，親吻實際上就是持續的聞愛人、親戚或朋友的氣味，可見聞、嗅的行為，與人們的情感也有密切的關係。

聞而無味

在張愛玲的小說中，描述聞、嗅的行為，也能反映人物的心理，成為意象。在《半生緣》裡，透過世鈞與翠芝聞到煤氣味時所說的話，可以突顯兩人「乏味」的婚姻：

翠芝將要上樓，忽向世鈞說道：「噯，你可聞見，好像有煤氣味道。」世鈞向空中嗅了嗅，道：「沒有。」他們家是用煤球爐子的，但同時也裝著一個煤氣灶。翠芝道：「我老不放心李媽，她到今天還是不會用煤氣灶。我就怕她沒關緊。」兩人一同上樓，世鈞仍舊一直默默無言。翠芝覺得他今天非常奇怪，她有點不安起來。在樓梯上走著，她忽然把頭靠在他身上，柔聲道：「世鈞。」世鈞也就機械地擁抱著她，忽道：「噯，我現在聞見了。」翠芝道：「聞見什麼？」世鈞道：「是有煤氣味兒。」翠芝覺得非常無味。

世鈞與翠芝的結合是因為「同病相憐」，兩人都失去心愛的戀人，結婚當天就後悔了。世鈞在無愛的婚姻中如同行屍走肉，總是心不在焉，對「煤氣味」也無動於衷，兩人單調的對話，讓翠芝同感無味。「聞」的舉動告訴我們：這是個沒有愛的婚姻。

聞出幸福感

但相反的，在〈多少恨〉裡，宗豫聞到家茵烹煮食物的香氣時，他略帶戲劇性、誇張的聞嗅動作，反映他從食物的香氣感受到家庭的溫暖，而且不勝喜悅的模樣：

洋油爐子上有一鍋東西嘟嘟煮著，宗豫向空中嗅了一嗅，道：「好香！」家茵很不好意思的揭開鍋蓋，笑道：「是我母親從鄉下給我帶來的年糕——」宗豫又道：「聞著真香！」

「年糕」是一般家庭過年吃的團圓菜，這種家常的食物氣味，帶給宗豫的是他渴望已久的、家的感覺，因為他與妻子分居多年，一直過著孤單的生活，家茵的出現，安撫了他的寂寞。此刻，宗豫所嗅、所聞的，不僅僅是年糕的溫香，更從氣味中編織出新的、美好的婚姻生活藍圖。

張愛玲對氣味有著深入的觀察，她的氣味書寫多變、多樣，蘊含著溫和滄桑的美感，不用過多的描述來形容，往往淡淡的幾筆就包含豐富的意境，文字雖然簡約，卻兼顧了美感的傳遞。更難得的是，張愛玲能將氣味與聞嗅的動作和小說的情節、人物緊緊地連繫在一起，成為小說的重要成分，飄送著智慧的芬芳，極具魅力，令我們深深地沉醉其中。

語言文學類　PC0974　文學視界118

故事張愛玲：
食物、聲音、氣味的意象之旅

作　　者 / 高詩佳
繪　　者 / 無疑亭
責任編輯 / 許乃文
圖文排版 / 蔡忠翰
封面設計 / 劉肇昇

發 行 人 / 宋政坤
法律顧問 / 毛國樑　律師
出版發行 / 秀威資訊科技股份有限公司
114台北市內湖區瑞光路76巷65號1樓
電話：+886-2-2796-3638　傳真：+886-2-2796-1377
http://www.showwe.com.tw
劃撥帳號 / 19563868　戶名：秀威資訊科技股份有限公司
讀者服務信箱：service@showwe.com.tw
展售門市 / 國家書店（松江門市）
104台北市中山區松江路209號1樓
電話：+886-2-2518-0207　傳真：+886-2-2518-0778
網路訂購 / 秀威網路書店：https://store.showwe.tw
國家網路書店：https://www.govbooks.com.tw

2020年9月　BOD一版
定價：340元

國家圖書館出版品預行編目

故事張愛玲 : 食物、聲音、氣味的意象之旅 / 高詩佳著. -- 一版. -- 臺北市 : 秀威資訊科技, 2020.09

面；　公分. -- (語言文學類 ; PC0974) (文學視界 ; 118)

BOD版

ISBN 978-986-326-849-9(平裝)

1.張愛玲 2.現代文學 3.文學評論

848.6　　109013072

讀者回函卡

感謝您購買本書，為提升服務品質，請填妥以下資料，將讀者回函卡直接寄回或傳真本公司，收到您的寶貴意見後，我們會收藏記錄及檢討，謝謝！
如您需要了解本公司最新出版書目、購書優惠或企劃活動，歡迎您上網查詢或下載相關資料：http:// www.showwe.com.tw

您購買的書名：______________________________

出生日期：________年________月________日

學歷：□高中（含）以下　□大專　□研究所（含）以上

職業：□製造業　□金融業　□資訊業　□軍警　□傳播業　□自由業
□服務業　□公務員　□教職　□學生　□家管　□其它_____

購書地點：□網路書店　□實體書店　□書展　□郵購　□贈閱　□其他

您從何得知本書的消息？
□網路書店　□實體書店　□網路搜尋　□電子報　□書訊　□雜誌
□傳播媒體　□親友推薦　□網站推薦　□部落格　□其他________

您對本書的評價：（請填代號　1.非常滿意　2.滿意　3.尚可　4.再改進）
封面設計____　版面編排____　內容____　文／譯筆____　價格____

讀完書後您覺得：
□很有收穫　□有收穫　□收穫不多　□沒收穫

對我們的建議：______________________________

____

____

____

請貼
郵票

11466
台北市內湖區瑞光路 76 巷 65 號 1 樓
秀威資訊科技股份有限公司 收
BOD 數位出版事業部

(請沿線對折寄回,謝謝!)

姓　　名:＿＿＿＿＿＿＿＿　年齡:＿＿＿＿　性別:□女　□男

郵遞區號:□□□□□

地　　址:＿＿＿＿＿＿＿＿＿＿＿＿＿＿＿＿＿＿

聯絡電話:(日)＿＿＿＿＿＿＿＿(夜)＿＿＿＿＿＿＿＿

E-mail:＿＿＿＿＿＿＿＿＿＿＿＿＿＿＿＿＿＿